Opal
オパール文庫

我慢できない!
敏腕社長のケダモノ・スイッチ

水城のあ

JN267576

プランタン出版

※本作品の内容はすべてフィクションです。

1　始まりはブドウ畑

見渡す限り一面に広がる黄緑色の絨毯《じゅうたん》。あと一ヶ月もすれば梅雨も明け、その頃にはこの緑はもっと濃くなっているはずだ。

梅雨の晴れ間の強い日差しを浴びながら、真衣《まい》は一心不乱に緑の中でブドウの誘引作業を続けていた。

この時期のブドウの木の成長は早い。一週間も目を離すと、あちこち思わぬ方向に蔓《つる》が伸び、葉っぱ同士が重なりすぎて光合成を妨げることになる。

そうならないように今の時期は暇さえあれば、伸びすぎた蔓を剪定《せんてい》したり、誘引ロープに巻き付けてやるのが大切な仕事だった。

この梅雨の中休みの一日は、農業をする者にとって、夏の晴れ間の三日分の価値がある。

ブドウ狩りなどで目にするブドウは高いところに棚が作られ、頭の上から実が下がるようになっているけれど、ワイン用のブドウ畑は少し違う。

低い位置から少しずつ左右に誘引して広げていき、真衣の実家の場合はそれを垂直に何段か重ねていく。つまり壁のように緑を広げていくという方法だ。

ここは山梨《やまなし》県にある真衣の実家が経営するワイナリーの畑の一角で、東京《とうきょう》で会社勤めをする彼女は週末を利用して実家の手伝いに来ている。

持参したジャージに母から借りた農作業用のツバの広い麦わら帽子、それにTシャツだけでは日に焼けるからと、黒い腕カバーに軍手をつけていた。

全くもって都会で働く二十五歳の女性のファッションとはかけ離れていたけれど、紫外線から肌を守るためには仕方がない。それにこの格好で顔を合わせる人間と言えば、家族かワイナリーの従業員ぐらいだ。

難点は、とにかく暑いということぐらいだろうか。とにかく蒸れるし、まだ夏の暑さに慣れていない身体は、気を抜くとぼうっとしてしまいそうになる。

そろそろ一度休憩を入れた方がいいのかもしれない。ぼんやりとそんなことを考えたときだった。

「すみませーん」

背後から男性の声がして、真衣は顔を上げた。

ブドウ畑の間を走る細い農道に、一台の黒い車。それからこの暑さの中、スーツをジャケットまで着込んだ男性の姿が見える。

真衣の場所からではお互いの顔までは確認できないが、あの格好を見れば地元の人間でないことは明らかだった。

道にでも迷ったのだろうか？　どうしようかと思案しているうちに、男性の方がこちらに向かって歩き出してしまった。

すっぴんに日焼け止めしかつけていないからあまり人と会いたくないのだが、帽子を目深に被っていれば顔も見られないだろう。

額から流れ落ちる汗を首に巻いたタオルで拭いながら、真衣も仕方なく男性に向かって歩き出した。

「オバサン、お忙しいところすみません。ちょっと道を聞きたいんですが」

ほんの数メートルの距離まで来たとき口にした男性の言葉に、真衣はすっぴんであることも忘れて顔をあげてしまった。

こともあろうに二十代の自分を捕まえてオバサンなどと口にする男の顔を見逃すわけにはいかない。

「どちらに行かれるんですか？」

「……え？」

顔をしっかりとあげて睨《にら》みつけると、男性は一瞬呆けたような顔をして、それからあからさまにしまったという表情になる。

「あ……す、すみません。僕はてっきり……」

見上げるほど背の高い男性がオタオタと取り繕う様は滑稽《こっけい》だが、真衣は男性の顔に見覚えがある気がして、急いで記憶の糸を手繰った。

東京に戻ればスーツを着た知り合いの男性はいくらでもいるけれど、誰もがこんな片田舎のブドウ畑の真ん中にやってくるはずがない。

身につけているダークグレイのスーツは仕立てもしっかりしていて、男性の身体にぴったりと寄り添っている。ビジネスマン、それもかなりのエリートの服装だ。三十代半ばぐらいだろうか。

ほっそりとしたシャープな顔立ちに整った鼻梁、薄い唇。どこかで見覚えがあるのにどうしても思い出せない。

考えてみれば、自分の知り合いにこんな素敵な男性はいない。きっと勘違いだろう。真衣がそう思った瞬間、男性が申し訳なさそうに口を開いた。

「失礼なことを申し上げてすみませんでした。そんな格好だったので僕はてっきり……」

低姿勢を絵に描いたような態度に、本当は大して怒っていないのに、なぜか少し意地悪をしてやりたくなる。

いつもならそんなことを考えたりもしないのに、暑さのせいで頭がぼうっとしていたか

らだろうか。つい嫌みっぽいことを口にしていた。

「このあたりの人は、畑に出るときはみんなこんな格好です。オバサンでも若い女の子でもね。声をかけるときは気をつけた方がいいですよ」

わざと冷たく言って顔を背けると、男性はいよいよ困ったように頭に手をやった。

「本当に失礼しました」

ペコペコと頭を下げる仕草に、真衣は噴き出しそうになった。

本当に恐縮しているようで、怒っているこちらが悪いような気すらしてくるから不思議だ。そろそろ許してやってもいいかもしれない。

「で？　どちらに行かれるんですか？」

さっきよりも少し口調を和らげて尋ねると、男性の顔が綻《ほころ》ぶ。その瞬間、なぜか真衣の鼓動が少しだけ速くなった。

なぜ？　と尋ねられてもわからないけれど、男性が見せたほっとした笑顔に、勝手に心臓が騒ぎ出したのだ。

「渡瀬《わたせ》ワイナリーに行きたいんです。ナビゲーションにはこのあたりだという表示が出ているのですが」

「……」

男性が口にした渡瀬ワイナリーは、真衣の実家が経営するワイナリーの名前だ。

取引先の一人かとも考えたけれど、真衣が知っている限りこんなスーツを着込んだ若い男性はいない。たいていがオジサンで作業着姿だ。

どこかの業者に依頼された借金取りだろうか。あり得なくはない考えに、真衣は目眩《めまい》を覚える。それが心配によるものなのか、それとも暑さのせいなのかもわからない。

「ご存じないですか？」

催促するような言葉に、真衣は自分の考えていることを読まれてしまった気がして、飛び上がりそうになった。

「あ……こ、ここも、渡瀬ワイナリーの一角です」

「ああ、そうなんですか。じゃあ、君はここの従業員の人？」

従業員ではないにしろ、関係者であることは間違いない。とりあえず小さく頷きながら、探るように男性を見つめた。

「オーナーにお会いしたいんだけど、どこに行けばいいのかな？」

「オーナーは……」

父親の顔を思い浮かべて、真衣は小さく首を横に振った。

「今は、いません」

「いらっしゃらない？　そうか……近くまで来てつい立ち寄ってしまったんだけど、残念だな」

男性は思案するように片手を顎に添える。男性にしては白くて細い指に思わず見とれてしまう。真衣の指よりもよっぽどキレイだ。

最近では毎週末実家の手伝いで農作業をしているおかげで、軍手をしていても手荒れがひどい。元々そんなにキレイな手ではないけれど、年頃の女性としては気になるところだ。

「じゃ、申し訳ないんだけど挨拶だけでもしていきたいから、オフィスに案内してくれないかな？」

「オ、オフィス……」

真衣は彼が何者なのかもわからないのに、その言葉に思わず噴き出しそうになった。辛うじて手を口で覆って堪《こら》えたけれど、ブドウ畑のど真ん中でオフィスなどと言い出すなんて、どこかのボンボンに違いない。

真衣は笑いを堪えていることを誤魔化《ごまか》すように、顔の前で手を小さく振った。

「こんな小さなワイナリーに、オフィスなんてしゃれたものがあるわけないじゃないですか。今忙しい時期なので、用件なら私がお伺いしますけど」

「君が？」

「ええ」

明らかにがっかりしたような顔の男性に、真衣は自尊心を傷つけられた。

きっとこんな小娘じゃ話にならないとでも思っているのだろう。

「私でご不満なら、この話はこれで終わりにしてもらえますか？　まだ作業が残っているので」

真衣が踵《きびす》を返して男に背を向けようとしたときだった。

「お嬢さーん！」

緑の中から声がして、年輩の男性が姿を見せた。父の片腕として真衣が生まれる前から渡瀬ワイナリーで働いてくれている小牧《こまき》だ。

「お嬢さん、そろそろ休憩にしましょう」

真衣がホッとして小牧に向かって手を振ると、今度は男性が驚いた顔で真衣を見つめていた。

「……もしかして、君がオーナーのお嬢さん？」

「ええ、まあ」

「それなら最初から教えてくれればよかったのに」

なぜか責められているような気がして、真衣はつんと顔を背ける。

「訊かれなかったからです。だいたい私、あなたが誰かも知らないんですから」

そう言った瞬間、真衣の視界が一瞬暗くなる。目眩のような感覚に、真衣は内心マズイと感じた。

さっきから滝のように流れていた汗が止まっているのに、身体は熱を出したときのように火照《ほて》っている。

これは典型的な熱中症の初期症状だ。子どもの頃から畑を手伝っていた真衣は、何度かその症状を経験していたから、自分がどういう状態なのかよくわかっていた。

そうならないように休憩をして水分を取るつもりだったのに、みんなこの男に呼び止められたせいだ。早く追い払って日陰に入った方がいい。

それなのに男性は胸のポケットから名刺入れを取り出して、その中の一枚を真衣に差し出してきた。

「重ね重ね失礼しました。改めて自己紹介をさせてください」

畑の真ん中で軍手をした人間に名刺を差し出すなんて、つくづく空気の読めない男だ。でも、男の正体を知りたい気持ちが勝って、渋々軍手を外した。

「僕はライジングプレミアムという会社の代表で三芳《みよし》といいます」

「……え⁉」

予想外の言葉に、真衣は名刺の名前と男の顔を見比べた。

名刺には確かに〝ライジングプレミアム代表、三芳晃樹《こうき》〟と印刷されていて、真衣の記憶に間違いがなければ、彼にはもうひとつの肩書きがある。

どうりで見覚えがあるはずだ。どうしてすぐに気づかなかったのだろう。

真衣は一瞬自分の記憶力のなさを呪ったけれど、今はこの場を切り抜ける方が先だった。

「お嬢さん、こちらは？」

救世主のように小牧が後ろから囁いたので、彼にも名刺を見せようと振り返ろうとして、真衣は再び襲ってきた目眩にその場でよろめいた。

「お嬢さん!?　顔が真っ赤じゃないですか!!」

「……ごめんなさい。少し気分が」

小牧が差し出してくれた手に摑まろうとした瞬間、今度こそ目の前が真っ暗になった。

この人の前で倒れたくない。そう思っているのに身体がいうことをきかない。真衣はそのまま誰かの腕に抱き留められ、意識を失った。

今でこそ国産ワインは品質が安定していて、海外にも輸出されるほどメジャーになったが、真衣が生まれた頃は、ワインといえば外国産というのが当然だった。

真衣の実家も元々は食用のブドウ農家で、祖父の代でワイン用のブドウを作り始め、ワイン用ブドウに適さない日本の気候に試行錯誤を繰り返していた。

特に梅雨はブドウに最悪で、最初の頃は病気で畑が全滅してしまった年もあったと聞いている。

せっかくいいものができても、国産ワインは外国産に比べて格下という扱いを受けることも多く、祖父も父も相当苦労を重ねてきたらしい。

しかし努力の甲斐もあってか、小さいながらも質のよいワインを造ると少しずつ人気が出て、今ではワイン好きの人たちに名指しで買ってもらえるような品を造り出していた。

小さいワイナリーだから大量生産はできず、その年の天候によって生産量が左右されることもあり経営が楽とは言えなかったが、それでもなんとか暮らすことができていたのだ。

真衣もそのおかげで大学まで通わせてもらったし、今も弟で二十歳になる真一《しんいち》が在学中だ。

しかし今年の始め、父の真太郎《しんたろう》が亡くなったことですべてが変わってしまった。

父の葬儀が済むとすぐに、たくさんの取引業者が押し寄せて、ローンの支払いを迫ってきたのだ。

ちょうど前年に醸造《じょうぞう》タンクや破砕《はさい》機などの設備を新しくしたばかりで、渡瀬ワイナリーにはそのローンがたくさん残っていた。もちろん父が健在であれば、業者の人たちも支払いを心配して騒ぐこともなかっただろう。

しかし醸造のほとんどを手がけていた真太郎が亡くなったことで、渡瀬ワイナリーの信用は失われてしまった。

今すぐにでも渡瀬ワイナリーが潰れてしまいそうなほどの剣幕の業者たちの姿に、真衣は腹立ちながらも、内心はワイナリーを閉めてもいいのではないかと考えていた。

相続放棄をすれば家族に支払い義務はなくなるし、そうしなくても支払いが必要なものも設備や畑を処分すればなんとかなる。

生まれ育った場所がなくなってしまうのは寂しいけれど、家族のことを考えればそれが妥当だった。

でも母の久子《ひさこ》ががんとして首を縦に振らなかったのだ。

「お父さんは亡くなる直前まで春に向けての剪定をして、準備をしてきたのよ。暖かくなればブドウは芽吹くし、実を付けるの。それに、私たちがここを閉めてしまったら働いてくれている従業員の人たちはどうするの？」

「お母さんの言うこともわかるけど、今の状態じゃ無理でしょう？　体調だってよくないのに」

「小牧さんだっているし、家族みんなで頑張ればなんとかなるわよ」

久子はそう言ったけれど、盆正月と収穫期にしか顔を出さないに真衣には、本当にそれが可能かどうかもわからなかった。

会社があるからと話し合いを保留にして東京に戻ったものの、すぐに弟からＳＯＳの電話がかかってきた。

ワイナリーが潰れるのではないかという噂《うわさ》を真に受けた従業員たちが退職を願い出て、久子の様子もおかしいという。

慌てて実家に帰ってみると、久子の顔つきがすっかり変わっていて、真一の言う通り言動に不安定な様子がある。

病院では心労からくる軽い鬱状態ではないかと言われ、真衣は真一と共に途方に暮れた。

「姉貴。なんとか畑を続けられないかな」

「え?」

「俺、大学を辞めて今すぐ跡を継いでもいいし、小牧さんみたいなベテランの人も残ってくれてるし、なんとかなると思うんだ」

まだ二十歳で子どもだと思っていた弟の言葉に、驚いたというのが本音だった。

「大学を辞めるなんてダメよ。あんたが跡を継ぐつもりで大学に進んだのは知ってるけど、だったらちゃんと卒業しないと」

「でも、学費のことだってあるじゃないか。オヤジのワイナリーを潰してまで大学なんて通いたくないよ!」

真剣な真一の訴えに、真衣もワイナリーの存続を考えざるを得なくなった。

「学費のことは私がなんとかするから、あんたはちゃんと卒業しなさい。私だって働いてるんだから。もちろんあんたには遊ぶ暇もないくらい畑に出てもらうことになるけどね」

「じゃあ、ワイナリーを続けるってこと?」

期待の目を向けられ、真衣はため息をついた。

「仕方ないでしょう。お母さんもあの状態だし、病院の先生もなにか心の張りになるようなものがあった方がいいっておっしゃっていたもの。私は週末ごとに戻ってくるようにするから、小牧さんにも協力してもらってなんとかしてみましょう」

結局母と弟の意志にそって、そんな運びになってしまった。

幸い父の片腕で親友でもあった小牧がその決定を快く受け入れてくれたこともあり、なんとか今年の作業に入ることができたのだ。

だからといって、まだ体調が万全でない母と小牧にすべてを押しつけてしまうこともできず、真衣は平日は東京で仕事をし、金曜の夜に実家に戻り、土日を過ごしまた東京に戻っていくという生活を続けていた。

業者との問題がすべてクリアになったわけではないけれど、今年は空梅雨ということもありブドウの生育にはもってこいの天候で、少しずつ歯車が嚙み合ってきたところだ。

そこに現れたあの男性。三芳晃樹はなにをしにこんなところにやってきたのだろう。

「ん……」

真衣はぼんやりとする頭を励ましながら、ゆっくりと目を開けた。

そこは自室のベッドの上で、壁には高校生の頃に貼った、色あせたアイドルのポスターや友人とのたくさんの写真が飾られている。

窓の外は夕方なのか薄暗くなっていて、真衣はガンガンと痛む頭を押さえながらベッドから起きあがった。

額には冷却シートが貼り付けられていて、それはすでに温《ぬる》くなっている。

自分が軽い熱中症にかかったことだけは理解していたので、真衣は水分を補給するために部屋を出て階下に向かう。

台所からは久子が夕食の支度を始めているのか、忙しなく食器が触れあう音や水音《みずおと》が聞こえていた。

「……お母さん？」

「あら、目が覚めたのね。大丈夫なの？」

包丁を手に振り返った久子に、真衣は曖昧《あいまい》に微笑み返す。

「喉……渇いた」

「冷蔵庫にスポーツ飲料が入ってるから飲みなさい。さっき真一が買ってきてくれたのよ」

「うん」

素直に頷いて冷蔵庫を開けると、中には大量のスポーツ飲料のペットボトルが並んでいる。

「ちょっと……買い過ぎじゃない？」

思わず噴き出すと、久子が眉を寄せて真衣を睨みつけた。

「真一、すごく心配してたんだから、あとでちゃんとお礼を言いなさいよ。まったく……いくら作業を早く進めたいからって休憩もせずにいるなんて、ただのバカですよ。軽くすんだから良かったけど、熱中症は亡くなる人だって……」

そこまで言って口をつぐんだ久子の表情はなにかに怯えているようだ。

もしかしたら父のことを思い出したのかもしれない。また家族を失ってしまう。そんな恐怖を感じさせてしまった。

真衣は母にこんな顔をさせてしまったことを心から後悔した。

「……ゴメン」

それしか言葉が出てこなくて、真衣は流しに伏せてあったグラスを取り上げるとペットボトルの中身をなみなみと注ぐ。そしてわざと母の前でグラスを一気に呷《あお》った。

「うー生き返る！　すっごく喉渇いてたのよね。お母さん大げさよ、これぐらいの症状ならお父さんだって何度もかかってたじゃない」

「それはそうだけど、あんたは農作業に慣れてないんだから気をつけないと」

「はいはい、これからは気をつけますって！　あ、しまった！」

真衣の大声に久子が包丁を操る手を止める。

「どうしたの？」

「失敗した！　私、作業のあとの一口目はビールって決めてるのに!!」

真衣の言葉に久子は一瞬目を丸くして、それから噴き出した。

「まったく、あんたは。それぐらいの元気があるなら大丈夫そうね」

「だから言ったじゃない。大したことないって」

「でも今日はビールはやめておきなさいよ。大人しくそれを飲んでおきなさい」

「え～!!　一口ぐらいいいんじゃない？」

母の表情が和らいだことに、真衣は内心安堵しながらわざとおどけて見せた。

本当はまだ頭痛がするし、身体が怠《だる》い。でもこれ以上母を心配させるわけにはいかなかった。

真衣はふと、自分がどうやって家に戻ってきたのか記憶がないことに不安になった。

確か畑であの人と話をしていて、小牧がやってきたところで倒れてしまったのだ。普通に考えれば小牧が家まで運んでくれたのだろうが、あの人はどうしたのだろう。

その疑問はすぐに母が教えてくれた。

「そういえばあんたを運んできてくださった方、お父さんを訪ねて来たんですってね」

「え？」

「あんたが働いてる系列の会社の社長さんだったじゃない。お名刺いただいてびっくりしちゃったわ」

つまり三芳晃樹にここまで運んでもらったということだろう。直前まであまり愛想がいいとはいえない態度をとっていた身としては、羞恥心《しゅうちしん》を煽られてしまう。

「私も真一もあんたのことでバタバタしてたからあまりゆっくりお話もできなかったけど、

うちのワインに興味を持ってくださってね、よろしければ目を通してくださいって」

久子はそう言うとボウルをかき混ぜていた菜箸《さいばし》で、ダイニングテーブルを指した。

「あれ、置いていかれたのよ」

テーブルの上には、真衣が仕事で見慣れた系列会社のロゴが入った封筒が置かれていた。

「……なに、これ」

真衣は封筒を取り上げると、中に入っていた書類を取り出し内容にざっと目を通す。

「これって……」

書類は企画書で、渡瀬ワイナリーとライジングプレミアムの業務提携を提案する内容だ。渡瀬ワイナリーの小規模生産を、ライジングプレミアムが提携することで規模を大きくして全国的に広めようといった話だったが、真衣には体のいい乗っ取りのようにも読める。それに以前からライジングプレミアムほどの大きな会社ではないにしろ、こんな話は何度かあったと父から聞かされていた。

でも自分の目の届く範囲で品質の良いものを造ることに拘《こだわ》った父は、その話をすべて断っていた。

「お母さん、これ見た？」

「ええ、さっき小牧さんと一緒にね。いいお話でしょ？　小牧さんも驚いてたわ。うちの経営状態もご存じみたいで、相談に乗らせて欲しいっておっしゃってたし。とっても礼儀正しい方ね」

「……」

「真衣は三芳さんを知ってたの？　系列会社の社長さんなら顔ぐらい知ってたんでしょう？　すごく素敵な方だったから、女子社員の間では人気があるんじゃない？」

あまりにも楽しげな久子の言葉に、真衣はなぜか怒りがこみ上げてきた。

父の遺したワイナリーを守りたいと言うから頑張っているのに、こんなあからさまな乗っ取り話を受け入れるつもりなのだろうか。

「お母さん！　こんな話真に受けちゃダメ!!　大きな会社は業務提携といいながら、うちみたいな弱小ワイナリーを乗っ取ろうって腹なんだから」

突然の真衣の剣幕に、久子は驚いて目を見開いた。

医師からは声を荒らげたり責めることは御法度《ごはっと》だと言われていたのに、一度口にしてしまった言葉は止めることができない。

「それにお父さんのワイナリーを売りたくないって言ったのはお母さんじゃない！　私はお母さんがそう言ったから今こうやって頑張っているのに、こんな話にホイホイ乗るなんて信じられない!!」

ああ、言ってしまった――。

真衣が我に返ったとき、久子はまるで凍りついたようにその場に固まってしまっていた。

この場をどう繕えばいいのか。久しぶりに感情を爆発させてしまった真衣は、自分のしでかしてしまったことにどうしていいのかわからなくなった。

「姉貴？　なに大声だしてるんだよ」

声を聞きつけた真一がそう声をかけてくれなければ、二人ともその場から動けなかったかもしれない。

「母さん？　大丈夫か？」

真一の心配そうな声に居たたまれなくなる。母を傷つけてしまった罪悪感と自分のバカさ加減に叫び出したい気分だ。

「と、とにかくこの話は認められないから。私が明日にでも断ってくる」

真衣はそう言い残すと封筒を抱えて台所を飛び出した。

翌朝、真衣はいつもより早い始発の電車に乗って、逃げるように東京に戻った。

会社に直接出社するのならもう少し遅い電車でもギリギリ間に合うのだが、久子と顔を合わせたくなかったのだ。

我ながら子どものようだと笑ってしまうが、昨日の母の傷ついたような顔を見てしまったあとでは、冷静に会話をする自信がなかった。

幸い夜中に真一と話をして、お互い時間を空けた方がいいと言ってくれたので、真衣はそれに甘えてしまった。

新宿《しんじゅく》駅で地下鉄に乗り換え会社の最寄り駅に着くと、真衣は手近なコーヒーショップに入った。

出社時間までは余裕があったし、昨日の夜から水分以外なにも口にしていなかったから、モーニングを注文する。

カウンターでカフェ・オ・レとベーグルサンドを受け取ると、カウンター席の一番端に腰を下ろした。

足下に置いたボストンバッグの中には、昨日三芳晃樹が置いていった封筒も入っている。どうやってこれをあの人に返せばいいのだろう。断るとは言ったものの、簡単に顔を合わせることができるような人ではない。

それに顔を合わせてしまえば、真衣が系列会社で働いていることがバレてしまう可能性もある。そうなるとまたややこしくなりそうで、それだけは避けたかった。

しかし、その問題は出社するなりすぐに解決してしまった。三芳晃樹の方から真衣の前に姿を見せたのだ。

初めは上司に一緒に来るように呼ばれただけで、なにか手伝いでもさせられるのかと思っていた。

でも上司が押したエレベーターの階数表示を見て、頭の中が真っ白になった。

「あ、あの……どこに行くんですか？」

行き先を聞いたからといって逃げ出せるとは思っていなかったけれど、聞きたくなるのが人間の性《さが》だ。

「役員室だよ。朝一で君を連れてくるようにと連絡があったんだ。まさか君、なにか問題を起こしたわけじゃないよね？」

「ま、まさか」

笑みを浮かべてみたものの、思い当たる節がありすぎて自然とその笑みもひきつってしまう。

それ以上なにか口にしたら余計なことを言ってしまいそうな気がして、真衣は平静を装って上司のあとに続いた。

「失礼します。渡瀬くんを連れてきました」

上司がノックをしたのは役員用の会議室の扉で、すぐに中から入室を促す声がする。

扉が開く瞬間逃げ出したくなったけれど、真衣は歯を食いしばってその場に踏みとどまった。

役員用の会議室は天井から床まで全面が窓という開放的な造りで、長テーブルがコの字に並んでいる。真衣を呼び出した人物は、窓に向かってこちらに背を向けるように立っていた。

「常務、彼女が渡瀬くんです」

その声に彼がゆっくりと振り返る。予想通りの人物だったというのに、真衣は驚きを隠すことができなかった。

「ありがとうございます。彼女と話をしたいのでもう下がってくれて構いません。ああ、彼女が呼び出されたことは他言無用でお願いします」

「もちろんです。失礼します」

自分には関係ないとでも言いたげに、上司は真衣を残してさっさと会議室を出てしまった。

取り残された不安に焦る真衣とは逆に、三芳は微笑を浮かべている。

昨日まではお互いの存在も知らなかったのに、どうやって自分のことを調べたのだろう。

真衣は探るように三芳を見つめることしかできなかった。

2　御曹司は救世主？

「やっぱりあなただったんですね。昨日お母様に伺って、朝一で社員名簿を調べて呼び出したんですが、顔を見るまではあなただと確信が持てなくて」

昨日と変わらず丁寧な口調に上品な笑み。もちろん今日もスーツ姿だったが、昨日のブドウ畑で見るよりもオフィスの方がしっくりくる。

真衣自身は昨日名刺を見た時点で、彼がライジングホールディングス会長の御曹司だということに気づいていた。

どうりで見覚えがあるはずだ。久子にはライジングプレミアムという系列会社の名刺しか渡していなかったが、実際は真衣が勤務するライジングホールディングスの常務でもある。

もちろん真衣のような下っ端の女子社員が頻繁《ひんぱん》に顔を拝む機会などないが、若き跡取りはビジネス雑誌や経済新聞でももてはやされ、自然と記事を目にすることも多かったのだ。

「体調は大丈夫ですか？　もしかしたら今日は休みを取っているかもしれないと思っていたんですが」

その言葉に、昨日は三芳の前で倒れてしまったことを思い出す。敵に弱みを握られたようで悔しいけれど、やはりお礼ぐらいは言っておきたい。

「昨日はありがとうございました。自宅まで運んでくださったと母から聞きました」

「いいえ、大したことじゃありませんから。それに小牧さん……でしたか、彼が自宅まで案内してくれたので、僕は車を運転しただけです」

「それでもご迷惑をおかけしたことには変わりませんから。本当に申し訳ありませんでした」

真衣は深々と頭を下げた。

三芳の丁寧で友好的ともいえる口調は好感が持てるけれど、それはその先の本来の目的を果たすために決まっている。

「渡瀬さんは真面目なんですね」

真衣の頑なな態度に、さすがの三芳も苦笑を漏らす。

「とりあえずかけませんか？　少しあなたとお話をしたかったんです」

これからビジネスの話をしようとしているはずなのに、まるで女性をエスコートするような口調に、真衣はなぜか胸の奥がざわざわしてしまう。

ここが会議室ではなくレストランやホテルのティールームだったら、真衣も快くそれに応じてしまっていたかもしれない。

そのせいで一瞬躊躇《ためら》ってしまい、真衣は慌てて首を横に振った。

「け、結構です。仕事を抜けてきていますし、お話しになりたい内容についてはだいたいわかっていますから」

「そうですか」

なぜか残念そうな三芳の顔に、自分が悪いことでもしてしまったような気分になる。

どうしてそんな顔をするのだろう。自分のような一社員で小さなワイナリーの娘になど、ビジネス以外で興味はないはずなのに。

「ではこのままで失礼します。昨日お母様にお渡しした書類はごらんになられたようですね。お父様のことは存じ上げず失礼しました。改めてお悔やみ申し上げます」

「……恐れ入ります」

「お母様がおっしゃるには、今渡瀬ワイナリーに関することはすべてあなた、真衣さんの意見を聞かないとダメだということでした。私たちは渡瀬ワイナリーというブランドを日本中、いえ世界に向け……」

「お断りします！」

真衣は三芳がすべてを言い終える前にそう口にしていた。

最初から断るつもりなのだから、詳しい話を聞くつもりなどない。お互いに時間の無駄だ。

「……随分と決断力がおありなんですね」

そう言った三芳の顔には、なぜか余裕の笑みが浮かぶ。こちらから断りを入れればすべてが終わると思っていた真衣は、どうしてそんな顔ができるのか不思議だった。

「企画書はすべて目を通されたんですか?」

「もちろんです。うち以外のワイナリーなら喜んで飛びつくところもあるんじゃないでしょうか」

「では、条件面で納得がいかないと?」

三芳は真衣との会話を楽しむように胸のあたりで腕を組み、片手を顎に添えた。

なんだかバカにされているような気がして、真衣はむきになって口調を強くする。

「まず第一に、うちの経営方針とそちらの方針がかけ離れています。正反対と言ってもいいかもしれませんね。父は小規模経営でも構わないから、品質の良いものを自分の手で送り出すことを誇りにしていました。でも今回の提案では新たに生産ラインを増やしたり、畑を広げることになります。そうなるとこちらの目も届きにくくなり、品質が落ち、結局は父の名前に傷を付けることになるからです」

三芳は真衣が勢いに任せてまくし立てる間も顔色一つ変えず、その言葉に耳を傾けていた。

数年前ライジングプレミアムの社長に就任したときは芳しくなかった経営状態を黒字に引き上げたやり手だと聞いていたのに、反論のひとつもない。

丸め込まれないように警戒していた真衣としては、肩すかしを食らった気分だ。

ただジッと真衣を見つめて口を開かない三芳に、断る側の真衣の方が不安を感じてしまう。

「あの……っ、ご納得いただけたのなら仕事に戻りたいのですが」

焦れたように口を開くと、三芳は緩やかに、でもはっきりと首を横に振った。

「では、あの企画書には書けなかったこちらの言い分を申し上げます」

「……え？」

三芳は組んでいた腕を解くと、ゆっくりと真衣に向かって歩き出す。

「こちらで調べた情報によると、渡瀬ワイナリーは現在経営状態が芳しくないと聞いています。ワイナリーの看板ともいえるお父様が亡くなられたのは昨日知りましたが、そのせいで取引業者などが騒いでいるんじゃないですか？」

その通りだ。そのせいで母の体調が悪くなり、噂に惑わされた数少ない従業員たちも辞めてしまった。

「景気が回復してきているとは言っても、ワイナリー経営は天候に左右される博打のようなものです。弟さんを後継者として考えているようですが、その体制が軌道に乗るのはもっと先のことですよね？　それまでに離れていく業者もいるんじゃないですか？」

「……」

「うちとの提携を発表すれば、そんな心配もなくなるでしょう。それにうちが静岡《しずおか》にワイナリーを持っていることはご存じですよね？」

もちろん知っている。ライジングホールディングスには系列会社に酒販をメインにしたライジングプレミアムの他にも、食品や飲料の会社、それからライジングワイナリーというホテルと一緒になったワイナリーがある。

先日もワイン好きで有名な芸能人がそこで結婚式を挙げたことで、マスコミでも話題になったばかりだ。

「人手が足りないというなら、そこから人を派遣することもできます。新たに人を雇うより経験者がいた方がいいでしょう。そしてこれは企画書にも記していますが、設備投資に関する費用は当社で負担させていただきます。渡瀬ワイナリーというブランド名を残すこともできるし、そちらにとってはデメリットなどないですよね」

流れるように並べ立てられた言葉に、断るつもりだった真衣ですら一瞬その提案に心を奪われかけた。

確かに今のように平日は会社で土日は農作業という生活は、長く続けるのには無理がある。ほんの半年前までは、真衣自身こんなに家業に深く関わることになるなどと、思ってもいなかった。

収穫の手伝いぐらいはしてきたけれど、毎年ブドウの出来に一喜《いっき》一憂《いちゆう》する両親を見てきて、どうしてそんなにつらい仕事を続けているのだろうと疑問に思ったほどだ。

もし、この話を受けたら……その可能性を思い浮かべて、真衣は慌ててその思いを振り払う。

三芳の話には大事なことが抜けている。父の意志に反した大量生産を勧められているのだ。

しかし三芳はそんな真衣の迷いを見逃さなかった。

「もう一度、ご検討いただけますね？」

「即答は……できません」

一度生じてしまった迷いは、真衣にそう言わせた。

「もちろんです。ご家族でよく話し合われてください。後日改めてご連絡を差し上げますよ」

最後に満足げに微笑んだ三芳の顔は覚えている。でも、真衣はそのあとどうやって自分のフロアまで戻ったのかもよく覚えていなかった。

あれが彼のやり方なのかもしれない。相手の言い分を聞いて、あの穏和な口調で警戒心を解きながら自分の意見を通す。

最後の微笑みは、近いうちに真衣がこの話に頷くと確信した満足からくる微笑みだったのかもしれない。

だとすると三芳晃樹は貴公子の顔の裏に、ビジネスマンとしての相当の野心を隠した魅力的な男性ということになる。

——魅力的？

真衣は自分の頭に浮かんだその信じられない感想に、動揺した。

さっきだって座るように勧められて、一瞬あらぬ想像をしてドキリとしてしまったのだ。あくまでもビジネスの話をしている相手を魅力的だと感じているなんて、自分は少しおかしい。

きっと自分と違う世界の人だから、そのギャップに驚いてしまっただけだ。真衣は無理矢理そう結論づけた。

その動揺は仕事にも出ていたようで、オフィスに戻ってきて浮かない顔をする真衣に、同期の彩花《あやか》が声をかけてきた。

「真衣、顔色が悪いけど大丈夫？　今朝、実家から直接来たんでしょ？　疲れてるんじゃない？」

彩花は社内で唯一真衣の事情を知っている友人で、実家に帰らなければならない金曜日などの残業を進んで引き受けてくれている。

入社してから三年ほどの付き合いだけれど、口は堅いし東京では一番信用できる友人だ。なにより社内では美人ということでも有名だった。

日本人形のように真っ直ぐ切りそろえられた前髪に真っ黒な長い髪。仕事中は無造作に耳のあたりでシュシュでまとめているのに、それすら彩花なら上品に見える。

東北出身だという彼女は肌が透き通るように白く、シミひとつない。子どもの頃からブドウ畑で紫外線を浴びまくって、どんなに誤魔化してもうっすらソバカスが浮き出てしまう真衣とは大違いだった。

「実はさ、昨日お天気が良かったじゃない？　軽い熱中症になっちゃって」

「やだ、会社に出てきても大丈夫なの？　今日は会議もない月曜なんだから休んだらよかったのに。有給余ってるでしょ？」

「ダメだよ。秋の収穫の時期にまとめて使いたいから取ってあるんだもん。それに大したことなかったし」

眉を顰《ひそ》める彩花に、真衣は笑って手を振った。

「ホント、大丈夫だから」

「それならいいけど。収穫の時期になったら教えてね。今年も手伝いに行ってあげるからさ」

「うん、そのときはよろしくね」

彩花は友人になって以来、なぜか毎年収穫時期の週末を利用して、手伝いに来てくれる。本人はワインが好きだから、収穫を体験してみたいと言っているけれど、真衣から見ればわざわざあんな大変な思いをしなくてもいいのにと思ってしまう。

「ね、今日はお弁当じゃない日でしょ。ランチ行こうよ。いいところ見つけたのよ」

「もうそんな時間？」

彩花の言葉に、真衣は驚いてパソコンのディスプレイの時計を見た。

どうやら考えごとをしているうちに時間があっという間に過ぎていたらしい。真衣は頷いて、机の中から化粧ポーチと財布の入った手提げを取り出した。

普段は節約のために弁当を持参しているのだが、実家から直接出社する日はその時間がない。それを知っている彩花は、真衣をランチに誘ったのだろう。

「なんのお店？」

「パスタ屋さんなんだけど、スープパスタが絶品なのよ。真衣、好きでしょ？」

「うん」

とりあえず三芳のことは今考えても仕方がない。週末実家に戻ったときにもう一度母と弟と話し合おう。

真衣は自分の気持ちを切り替えると、彩花に促されてオフィスをあとにした。

週末。真衣は気持ちの整理もつかないまま実家に戻ってきていた。

先週とは違い、しとしとと霧雨の降る週末だったけれど、ブドウの成長は待ってくれない。真衣は農作業用の雨合羽を着込んで、小牧や弟と一緒に畑に出ていた。

早い木は小さな実を付け始めていて、雨よけのビニールが破れていないか、この時期特有の病気が発生していないか確認して回る。

昨日は家に着いたのが深夜に近かったので、久子とはろくに会話も交わさなかったけれど、今夜はきちんと話をしなければいけない。

雨合羽をしっとりと濡らしていく雨と、久子にきつい言葉を投げかけてしまった罪悪感が真衣の心をさらに重くした。

この数日間は、真衣もいろいろと考えた。

久子が乗り気なら、三芳の提案を受け入れてもいいのか。それともやはり父の意志を尊重して、今を乗り切った方がいいのか。

どうしてもっと父親と話をしておかなかったのだろう。

真太郎は職人気質《かたぎ》で、ブドウに関することなら饒舌になるのに、それ以外のこととなると口が重い昔気質の人だった。

真衣は年頃になるとそんな父とは自然と会話する機会も少なくなり、大学からは東京へ出てしまったので、ここ数年の本当の父の姿を知らなかったことにショックを受けていた。

でも今、真一が跡を継ぐまでの間の渡瀬ワイナリーは真衣の肩にかかっている。

こんな真衣の姿を見たら、真太郎はなんと言うだろう。思いの外喜ぶか、それともなにも言わずに、一緒に畑に出ただろうか。

ぼんやりとそんなことを考えていると、車のエンジン音が聞こえてきて、すぐそばで停車する。

真衣は何気なく立ち上がり、その方向を見た。

「あ……」

見覚えのある黒い車から、やはり見覚えのある男性が降り立つ。ブドウの木の陰に隠れようか。真衣がそう思った瞬間に向こうから先に手を振られてしまった。

「真衣さん！」

できれば存在などなかったことにしたい人物が、あの人好きのする笑みを浮かべて手を振っている。

「お仕事中にすみません。ご自宅に伺ったらこちらにいると聞いたので」

そう言いながら畑に入ってこようとする三芳を見て、真衣は声を張り上げた。

「ストップ!!　こっちから行きますから、そこで大人しくしててください！」

雨でぬかるんだブドウ畑にあんな滑りやすい革靴で入ろうとするなんて、なにを考えているのだろう。

「……まったく」

まるで子どもを諭すかのように叫んでしまったけれど、三芳は気にもしていないのか、真衣がそばまでやってくるのを笑顔で待っていた。

「……また来たんですか？」

あからさまに迷惑だという真衣の口調にひるむ様子もない。

傘もささずに立っていたせいか、三芳の仕立てのいいスーツは霧雨でしっとりと湿って見える。

「傘はお持ちじゃないんですか？　いつまでもそこに立ってると風邪引くと思います」

だからさっさと帰ってください。真衣はその言葉を辛うじて飲み込んだ。

「傘は車にあります。でも、これぐらいの雨なら大丈夫ですよ。心配してくれてありがとうございます」

真衣の、話をしたくないという意思表示は伝わっていないらしい。

「……先日の件ですよね？　申し訳ないんですが、まだ家族で話し合いをしていないんです。私が平日東京にいるので、母や弟とゆっくり話ができるのは週末だけなんです」

「もちろん、理解していますよ。ですから今日は僕の方からもご家族に説明をさせていただこうと思って伺ったんです。携帯が通じなくて、お母様が雨の中真衣さんを呼びに行こうとされたので、それなら僕がと真衣さんのお迎えを買って出ました」

「……」

つまり、この雨に濡れた合羽を着たまま車に乗れと言っているのだろうか。

畑までは小牧と真一と一緒に軽トラックで来たけれど、二人はその車でさらに奥の区画に行ってしまっている。携帯電話もその中にあるはずだ。

「真衣さん？」

「……私、歩いて帰りますから先に行っててください」

「なに言ってるんです。ここから家までは歩いたら三十分はかかるんじゃないですか？どうぞ遠慮せずに」

三芳は微笑んで助手席のドアを開けた。

車はＢＭＷで、黒い革張りのシートが艶やかに光る。足下に敷かれたマットにはチリひとつ見あたらない。

そんなところに泥だらけの長靴で乗り込むほど、真衣は神経が図太《ずぶと》くはない。

彼と自分との身分が違うと見せつけられているような気がして、思わず俯いてしまう。

「合羽が濡れてるし、泥だらけなんです。だから……きゃっ!!」

真衣がすべてを言い終わらないうちに、その身体が宙に浮き、驚いた真衣はギュッと目を閉じた。

次に目を開けたとき、すぐそばに三芳の顔が迫っていて、自分が彼にお姫様のように抱き上げられたのだとわかった。

「ちょ……っ！　なにしてるんですか⁉　下ろしてください‼」

「暴れたら危ないですよ。足下が悪いんですから」

そう言いながら、開いたドアから真衣を助手席のシートに押し込む。

「真衣さんって、結構面倒くさい人なんですね。僕がいいと言っているんですから、乗ってください」

そのまま真衣の身体に覆い被さるようにしてシートベルトを締めると、助手席のドアを閉めてしまった。

呆然とする真衣に残されたのは、すぐ間近に感じた三芳の息が頬に触れた感触と、男性的なコロンの香りだった。

鼻腔《びこう》にかすかに残るその香りはセクシーで、普段の穏やかな三芳の印象とはかけ離れている気がする。突然軽々と抱き上げられたこともあり、急に彼が男性だったことに気づかされた気がした。

そういえば〝面倒くさい人〟などと失礼なことを言われたのに。そう気づいたのは、三芳が車を発進させてしばらくたってからだった。

今更言い返すのもおかしい気がして、真衣はせめて少しでもシートを汚さないように大人しく車に揺られているしかなかった。

自宅の前には小牧たちが乗っていた軽トラックが停まっていて、三芳はその隣に静かに車を停める。

「……ありがとうございます」

真衣は小さく呟くと、自分から車を降りた。

三芳を待たずに玄関の引き戸を開けると、車の音を聞きつけたのか出迎えの久子とはち合わせする。

「真衣、三芳さんが迎えに行ってくれたんでしょ？　あんたと話がしたいって」

「わかってる。着替えてくるから」

子どものように乱暴に長靴を脱ぎ捨てると、真衣は濡れた合羽のまま自室へと目の前の階段を駆け上がった。

部屋の扉を閉めて雨合羽を脱いでいると、すぐに階下から久子が三芳を招き入れる声がする。その声が弾んでいるような気がして、真衣は突然自分がひとりぼっちになってしまったような気がした。

久子は三芳の訪問を喜んでいるようだし、先週少し話をしたときに、真一も悪い話ではないと思っているようなふしがあった。

もしかしたら久子と真一の間ではすでに話し合われていて、二人の意志は決まっているのかもしれない。

真衣は濡れた雨合羽をハンガーに掛け、タオルで滴を軽く拭うと、新しいTシャツとジーンズに着替えて自室を出た。

先延ばしにしていても、いつかは話し合わなければいけないことなのだ。

真衣がため息を漏らしつつ階下へ降りていくと、玄関の磨り硝子の向こうに人影が見える。

誰だろう？　そう思っていたらその人影が動いて、呼び鈴が鳴った。

ここは田舎だから近所の人なら呼び鈴も鳴らさずに、戸を開けるはずだ。真衣は慌ててサンダルをつっかけると、引き戸を開けた。

「はーい」

引き戸の向こうには見たことのない、スーツ姿の中年の男性が二人立っていて、真衣を見たとたん慇懃《いんぎん》な笑みを浮かべる。

「ああ、今日はお嬢さんがいらっしゃるんですね。じゃあ話もしやすい」

背の高い、中年の男が浮かべた愛想笑いを見て、真衣は不安が押し寄せてきた。

「あの……どちら様でしょうか？」

「お母様から聞いていらっしゃいませんか？　こちらのワイナリーにタンクなどの機材を

納入させていただいている栄藤《えいとう》技研のものです。お母様には再三申し上げたんですが、私どもの会社への、今後のお支払いの件で伺ったんですよ」

「え……？　その件なら話が付いているはずじゃ」

そう答えながら、内心ため息をついた。

実はこの手の話は、父が亡くなってから何度もあったのだ。

タイミングの悪いことに昨年設備の充実を図ったばかりで、この家や畑を担保にたくさんのローンが組まれていて、父がいなくなったのをいいことに、債務整理を迫ってくる。業者の言い分もわからなくもない。渡瀬ワイナリーの品質が保たれる保証はないし、それなら債務が焦げ付く前に回収したいのだろう。

法律関係のことは詳しくないけれど、多少の汚い手段を使えばそんなやり方も可能であることは聞いていた。

「今のところ毎月のお支払いもきちんとしていますし、そちらにご迷惑を掛けることはないと母から聞いていますが」

奥の部屋には三芳がいる。こんなところを見られたら、交渉のカードとして利用されてしまうかもしれない。

「お嬢さん。お父様と交わした契約の時とは状況が変わっているんですよ。これからのお支払い計画について改めて見直させていただきたいと思って伺ってるんです」

「……どういう意味ですか？」

宥《なだ》めるような猫なで声が気持ち悪い。真衣は思わず中年の男を睨みつけた。

「お嬢さんは東京で働いていらっしゃるんですよね？　だったらお母様もお年なんですし、こちらを処分して一緒に暮らして差し上げたらいかがですか？」

「……渡瀬ワイナリーを閉めるつもりなんてありません！」

思わず大きな声を出すと、隣の男が狡賢《ずるがしこ》い笑みを浮かべる。

「従業員もほとんど残っていないのに、どうやって収穫や生産をするつもりなんです？　こちらだって慈善事業じゃないんです。おたくが潰れてからじゃ遅いんですよ」

「つ、潰れたりなんか!!」

真衣は手をかけていた引き戸を、震える手でギュッと握りしめた。そうしていないとその場にくずおれてしまいそうで、怖くてたまらない。

「と、とにかく帰ってください!!」

真衣がそう叫んだときだった。

ふわりと男性的なコロンの香りがして、引き戸を握りしめていた手の上に、大きな手が重なる。

「随分乱暴なお話ですね」

「あ……」

三芳は呆然とする真衣の肩を抱き寄せると戸口から下がらせて、代わりに自分が一歩前に出る。

「栄藤技研さんはいつからそんな悪徳商法のようなやり方をされるようになったんです？　支払いが滞っていないのにこういったやり方は、一歩間違うと恐喝と取られかねませんよ」

口調は丁寧だけれど、三芳の目には相手を威嚇《いかく》するような光が宿っていて、真衣は初めて三芳を怖いと感じた。

戸口の男二人も痛いところを突かれたのか、顔からは先ほどまでの慇懃な笑みが消えていた。

「う、うるさい！　部外者には関係のないことだ！　あんたこそこちらの問題に口を出さないでもらおう。それとも俺たちより先にここの土地を手に入れようとしている別の業者なんじゃないのか」

男の摑みかからんばかりの勢いに、三芳は例の穏やかな笑顔で応酬する。

「ああ、申し遅れました。僕はこういうものです」

胸ポケットから名刺入れを取り出して二人に差し出すと、男たちの顔色が変わった。

「ラ、ライジングプレミアム!?」

「代表取締役って……」

「まだ正式発表をしていないので内密にお願いしたいんですが、渡瀬ワイナリーさんはこのたび私たちと提携契約を結ぶことになりました。当社では設備投資や販売ルートの確保などを積極的にお手伝いさせていただく予定です。渡瀬さんの技術や昔からの根強いファンの方を手放すのは惜しいと思いませんか？　こちらのワインを召し上がったことのある方なら、簡単に廃業を勧めるようなことはなさりませんよね」

「そ、それは……」

「今後は当社の弁護士を通してお話を伺うつもりですが、そんなにご心配だとおっしゃるなら、御社の分の債務に関しては私どもが全額お支払いをさせていただきます」

三芳の言葉に、動揺していた男たちは目を丸くした。思いがけない申し出だったのだろう。

確かに支払いの保証さえあれば問題ないし、バックに大きな会社がついているなら安心だと思うのは当然だ。

「渡瀬さん、ライジングさんとそんな話が進んでいるならそうおっしゃってくださいよ」

男たちが手のひらを返したように、相好を崩して真衣を見た。さっきまでの威圧的な態度とは大違いだ。

「そういうことなら、これからまた醸造所などの設備拡充でお忙しくなりますね。ぜひ今後も」

「これでお宅とのご縁はきっぱり切ることができますね」

鋭利な刃物のような冷たい言葉に、その場にいた三芳以外の人間が目を見開いた。

「……え?」

「ライジングプレミアムでは、今後一切御社との取引をお断りさせていただきます。もちろん渡瀬ワイナリーさんも同様です」

「そ、そんな」

「用件はお済みですよね。速やかにお引き取り願えますか」

これ以上話すつもりはない。三芳の言葉にはそんな厳しさがあった。

真衣はその横顔を見つめながら、自分は大変な人を相手にしてしまったのだと思い知らされた。

男たちは三芳の厳しい態度にしどろもどろにいいわけを並べ立てたけれど、取り合ってもらえないとわかったのか逃げるように帰って行った。

「真衣さん、大丈夫ですか?」

そう三芳に呼びかけられ、緊張の解けた真衣は崩れるようにその場に座り込んでしまう。

弱っているところなんて見られたくない。そう思っているのに、身体がいうことをきかなかった。

「……もう大丈夫です。すぐにうちの弁護士を手配しますから、あの男たちは二度と来ませんよ」

三芳は安心させるように微笑むと、真衣に向かって手を差し出した。

普段の真衣なら、三芳の手など取らないだろう。でもこのときはすがりつくように差し出された手を取っていた。

立ち上がった瞬間、真衣の目尻に溜まっていた滴がひとつ、頬を転がり落ちていく。

「……っ」

こんな時に優しくされたら、気持ちが緩んで一人で立っていられなくなる。

それなのに、三芳は立ち上がった真衣の腕を強く引くと、その胸の中に真衣の身体を引き寄せてしまった。

「あ……っ」

その瞬間、またあのコロンの香りが立ち上り、真衣の鼓動が速くなる。

「は、放して……っ」

慌ててその胸を腕で押し返そうとしたけれど、優しい抱擁とは逆に強い力が真衣の自由を奪う。

「……さっきも言いましたけど、真衣さんって面倒くさい人ですね」

「なっ！」

今度こそ、この失礼な男を怒鳴りつけてやろう。そう思い身体を仰け反らせて三芳を見上げたけれど、あまりの顔の近さになにも言えなくなった。

驚きのあまり心臓だけがドキドキと大きな音を立てていて、こんなに身体を近づけていたら、三芳にその音が聞こえてしまうのではないかと心配になる。

三芳はそんな真衣の心の動きがすべて見えているのか、その様子を余裕の笑みでしばらく見つめたあと、ゆっくりと口を開いた。

「こういう時は意地を張ってもなんにもならないんですよ。いくらあなたが気が強くても、女性なんです。あんな男たちとまともに渡り合ったら怪我をします」

「……そんなことあなたに言われなくても……」

目をそらしたいのに、まるで身体が凍りついてしまったように動かない。もしかしたら三芳の目にはなにか人を惹きつける特別なものがあるんじゃないだろうか。

そんなくだらないことを考えてしまうほど、真衣は三芳の瞳に囚われていた。

「そんな泣きそうな顔で強がりを言っても、僕は騙されませんよ。誰かに頼ることは恥ずかしいことじゃありません。もっと家族や……僕を頼ったらどうですか?」

初めはなにを言われたのかよくわからなかった。心臓が大きな音を立てて頭の中まで響いていたし、近くで見ると奥二重で優しい印象を与える目が気になって仕方がなかったからだ。

でもしばらくして、三芳の言葉が耳から脳、身体全体にじわじわと広がっていく。

ぬるめのお湯に浸かったときの、じんわりとした温かさのように真衣の心に染み込んでいくような気がした。

「さ、お母様が待っていますよ。行きましょう」

真衣を抱きしめていた腕の力がスッと緩み、大きな手が真衣の両肩に触れる。そして、一人で立っている真衣を見て、安心したように微笑んだ。

「大丈夫そうですね」

三芳はそう言うと、先に立って居間に戻って行ったけれど、真衣はすぐにそのあとを追うことができなかった。

抱きしめられた身体より、一瞬だけ触れられた心の奥に三芳の体温が残っているような気がして、胸の奥が苦しくなった。

3　お友達から始めませんか？

――三芳の口車に乗せられてしまった。

真衣がそう気がついたのは、少し遅れて居間に足を踏み入れたときだった。

まだ真衣の意志もはっきりしていないのに、久子と真一、そして三芳の間にはすでに話がまとまってしまったような、和《なご》やかな空気が流れていたのだ。

真衣の実家は祖父の代に建てられた二階建ての古い日本家屋で、裏口から外に出れば、すぐに醸造所やワインを保存するカーヴに繋がっている。

カーヴとはフランス語で貯蔵庫を意味していて、地下に造られていることが多い。これは地下の温度が低く湿度もあり、もちろん直射日光も当たらないからワインを保存しておくのに適しているのだと、昔父に教えられた。

今思えば、あまり家業に興味がなかった真衣も、子どもの頃は父の膝の上でいろいろな話を聞かされたものだった。

ワイナリー関係の来客は、自宅の横からその醸造所に隣接した小さな事務所に顔を出す人が多い。

事務所とは名ばかりのプレハブの小さな小屋なので、夏は暑いし冬は寒いということであまり来客用には向いていないから、大抵の来客は自宅の居間に通されることになる。

まあ来客と言ってもほとんどが付き合いの長い業者か近所のブドウ農家の人ばかりなので、真衣も子どもの頃から知らない人が家の中を歩いていても気にもとめなかった。

でも今、居間の上等とは言えない座布団に座って久子と楽しげに会話をしている三芳を見て、なぜ彼がここにいるのかわからなくなった。

「真衣、あんたもここに座りなさい。今、三芳さんから栄藤技研さんのお話を伺っていたところなのよ。なにからなにまでありがたいことじゃない」

久子は安堵のせいか、ここ数ヶ月の中で一番晴れやかな顔をしている。自分がどんなに頑張っても久子にこんな顔をさせることができなかったのに、三芳はそれをまるで魔法でも使ったかのように簡単にやってのけてしまった。

「ちょっと来て！」

真衣は乱暴に三芳の腕を摑むと、居間から連れ出した。そのまま裏口を出て事務所へ向かう。

鍵のかかっていない事務所のドアを開けると、三芳を引っ張ったままドアを乱暴に閉めた。

「どういうこと？　勝手に話を進めないで！　私はまだ業務提携の話を受けるなんて一言も言ってない!!」

半分は本音で半分は八つ当たりだ。

それにこんなふうに扱われているのに、相変わらず余裕の態度を貫いている三芳にも腹が立った。

「真衣さんは、うちとの提携話を断るつもりなんですか？」

「そ、それは……」

「そのことは先ほどの栄藤技研さんとのやりとりで納得していただけたかと思ったんですが」

その通りだ。本当に断るつもりだったら、あのときにちゃんと意思表示をするべきだった。でも自分はそれをしないで、三芳に男たちを追い払ってもらったのだ。

「あ、あのことは……お礼を言います。ありがとうございました」

「素直なんですね」

真衣は深々と頭を下げた。

「……は？」

まるで子どもをあやすような言い方に、また真衣の頭に血が上る。

さっきは動揺していてお礼を言うこともできなかったけれど、冷静な今なら真衣だってそれぐらいの礼儀を持ち合わせているのに。

「バカにしないでください。さっきのことはお礼を言いますが、あれとこのこととは話が別です！」

「今度は駄々をこねるんですか？」

三芳の目が楽しげに細められて、明らかに真衣とのやりとりを楽しんでいるのがわかる。男性にこんなふうに扱われるのは初めてで、真衣はどうしていいのかわからなくなった。

「い、いい加減にしてください！　私をバカにして楽しいんですか!?」

「ええ、とても」

「……」

この人は今、なんと言ったのだろう?

言葉の意味がわからずに、真衣は呆然として三芳を見上げた。

「とても楽しいですと言ったんです。でもバカにしているわけじゃありませんよ。真衣さんは僕の知っている女性とは違って、表情が豊かでとてもかわいらしいのでつい構いたくなってしまうんです」

「……」

あまりにも成立しない会話に、真衣は怒っているのがバカらしくなった。

お坊ちゃまタイプというか、間違いなく御曹司のボンボンなのだが、こういう人種は庶民とは違う感覚を持っているのかもしれない。

そうでなければ、こんなふうに敵対心丸出しで怒っている女性をかわいいと言う男はいないはずだ。

「……なんか、もう……いいです」

「では、提携の話を前向きに考えていただけるんですね？」

「……一応、考えます。とりあえず、その敬語……というか、丁寧な話し方をやめていただけませんか？　あなたみたいな大きな会社の社長さんにそんなふうに話されると、バカにされているような気がするので」

真衣の提案に三芳はしばらく考えるようにして、それからゆっくりと頷いた。

「わかった。これでどうかな？　その代わり真衣さんも敬語をやめてくれる？」

「それとこれとは……だって、私はあなたの会社の社員なわけだし」

「もちろん会社では今まで通りでいい。でもそれ以外の場所では普通に接してくれると、お互い色々理解しあえるんじゃないかな」

「色々って……」

別に深い意味はないはずなのに、なぜかドキドキしてしまう。今まで付き合ってきた人や男友達にこんなふうに言われたことなんてない。

急に玄関先で抱きしめられたことを思い出してしまい、真衣は頬が熱く火照ってくるのを感じた。

三芳はこちらの態度に聡い人だから、こんな顔をしたらきっと意識していることに気づかれてしまう。

「わ、わかった。普通に話す、から……」

見られないように顔を背けると、三芳が小さく笑った気がした。

「じゃあ真衣さん、お母様たちのところに戻ろうか」

「う、うん」

今度は三芳がドアを開けてくれたけれど、居間に戻るまで一言も口をきくことができなかった。

そして、結局三芳に丸め込まれる形になってしまったのに、真衣は自分の重い気持ちが少し軽くなったことを感じていた。


週明け、真衣がいつものように出社をして制服に着替えオフィスに行くと、すぐに上司に呼び出された。

先週と同じパターンに不安になったけれど、その予感は的中する。

「い、異動!?」

差し出されたのは、来月から新しく設立される事業部への辞令だった。しかもそれは三芳が代表を務めるライジングプレミアムの中の事業部だ。

総合職の男性なら系列会社への出向もあり得るが、真衣のような事務専門の一般職の女性社員にはあり得ないサプライズ人事で、三芳が関わっていると思って間違いはない。

「あの、なにかの間違いじゃないでしょうか。私は一般職で採用されていますし、突然系列会社に出向なんて」

無駄だとわかってはいても、藁にも縋るとはこのことだ。

「私だって知らないんだよ。ただ人事から回ってきた話を君に伝えているだけなんだから。とにかくそういうことだから、引き継ぎなんかしっかりしておいてね。それから、午後から新規事業部の顔合わせがあるそうだから」

面倒そうに辞令を押しつけられて、真衣はそれ以上食い下がるのを諦めた。

自席に戻ると、すぐに彩花が飛んできた。

「ねえ、今、辞令って言ってなかった?」

そう言いながら真衣の手の中をのぞき込み、顔色を変える。

「プレミアムに異動って……あんたなんかやったの?」

「なにもしてないわよ。私だってなにが起きてるかわかんないんだから」

「プレミアムって言ったら酒類販売がメインじゃない。実家がワイナリーなんだから専門と言えば専門よね。でも入社時に家業なんて聞かれてないわよね。実際課長だって、真衣の実家のことなんて知らないし」

彩花は真衣の事情をすべて知っているのだから、三芳のことを話してもいいのかもしれない。

一瞬そんな思いがよぎったけれど、三芳との微妙な関係を説明するのは難しい。あの少し変わった男性についてどうやって話せばいいのか、真衣自身よくわからなかった。

「とりあえず午後呼び出されてるから、行ってくるわ」

「あとで詳しく聞かせてね」

彩花はそう囁くと、上司の視線を避けるように自席に戻っていった。

ライジングホールディングスは自社ビルの中に系列会社の本社を置いていて、呼び出し先に指定されていたのはその社長室だった。

三芳はなにを考えているのだろう。ため息をつきながら扉を叩くと、華やかなスーツを着た真衣と同じ年ぐらいの女性が姿を見せた。

「あの、新規事業部の件で伺いました。渡瀬と申します」

「はい、聞いております。どうぞこちらへ」

女性はにっこりと微笑むと、真衣を部屋の中へ案内した。

「こちらでしばらくお待ちいただけますか」

部屋の一角に置かれた応接セットに真衣を座らせると、デスクに戻り電話を手に取る。

どうやらここは秘書の控え室のようで、彼女は三芳付きの秘書なのだろう。

パステルピンクのパフスリーブのジャケットに膝丈の白いスカート。その下には無駄な筋肉のないほっそりした足が伸び、華奢《きやしや》なオープントゥーのパンプスを履いている。

事務職の真衣たちは一律制服を支給されているけれど、秘書室の女性は私服らしい。

「社長、ホールディングスの渡瀬さんがお見えになりました。……はい。かしこまりました」

秘書は電話を終えると、真衣の元へと戻ってくる。

「お待たせしました。ご案内いたします」

次に案内されたのは奥へと続く部屋で、そこには当然だけれど三芳の姿があった。

艶やかな黒いデスクに座っていた三芳は、真衣を見た瞬間パッと顔を綻ばせイスから立ち上がった。不覚にもその笑顔にドキリとしてしまう。

また彼に振り回されているのだから警戒しなければいけないのに、その笑顔だけで毒気を抜かれてしまった気分だ。

「真衣さん、待ってたよ。さ、座って」

寄ってきた三芳に促され、真っ白な革張りのソファーに腰を下ろす。

「真衣さんはコーヒーがいい？　それとも紅茶？　日本茶もあるけど」

三芳は約束した通り丁寧な言葉遣いを改めてくれていたけれど、それは二人だけのときという約束だ。

秘書の前でそんな話し方をしたら、おかしいと思われるのに。そう思って秘書を見ると、彼女は上品な笑みを浮かべ、特に気にした様子もない。

「三芳さん……普通に話すのは二人の時だけって言ったのに」

思わず小さな声でそう口にすると、三芳は小さく笑いを漏らして首を横に振った。

「ああ、彼女は大丈夫」

「え？」

「君のことも話してあるし、口も堅いから信用できるよ」

そう言ってそばに立つ秘書を見上げた。

「申し遅れましたが、私、三芳の秘書で笠原《かさはら》と申します。社長から渡瀬さんのご実家のことは伺っておりますので、なにかございましたら遠慮なく相談してくださいね。渡瀬さんには便宜を図るように申しつかっていますから」

「あ……お世話になります」

真衣が頭を下げると、二人は頷きあう。それは社長と秘書というより恋人のような親密さで、真衣は慌てて目をそらした。

もしかしたら二人はそういう関係なのだろうか。三芳のプライベートなど真衣には関係がないはずなのに、なぜか少しがっかりしている自分がいた。

笠原がオーダーを聞いて部屋を出ていくと、三芳はソファーに身体を預けて、長い足をゆっくりと組む。その仕草は洗練されていて、彼によく似合っていた。

思わず見とれてしまいそうになり、真衣は慌てて本来のここに呼び出された理由を思い出す。

「どうして私が異動なんでしょうか？」

「どうしてって……僕が真衣さんに来て欲しいからだよ」

「……は？」

まずい。またこの人の話していることがわからない。

三芳と話していると自分がバカなのではないかと思ってしまう。実際には三芳の発言の方がおかしいのに、あまりにも自信たっぷりに話すから、こちらが間違っているような気にさせられるのだ。

「私は異動の理由が知りたいんです。入社してからずっと今の部署で働いていますし、一般職の出向なんて聞いたことがありません」

「真衣さん。真衣さんの方が敬語になってるよ」

のんびりとした三芳の口調に思わずムッとして、真衣は二人の間のテーブルを勢いよく叩いた。

「そういう問題じゃないでしょ!!」

バン！　という強い音が響き、さすがの三芳も目を丸くする。

「私が言いたいのは……」

そこまで言いかけたとき、まるでタイミングを見計らったかのようにノックの音がして、真衣は慌てて口をつぐんだ。

「どうぞ」

真衣の怒鳴り声が聞こえたかもしれないのに、笠原は素知らぬ顔で、にこやかに真衣と三芳の前にコーヒーを置いてそのまま部屋を出ていった。

笠原の冷静な態度のおかげか、真衣の頭も少し冷静さを取り戻してくる。

この人には普通に話をしても通じない。まだ数回しか顔を合わせていないけれど、その教訓を学んでいた真衣は、自分を落ち着けるために深呼吸をした。

「さっきのお話の続きですけど」

「真衣さんの出向の理由だよね。僕が真衣さんに来て欲しいと思ったのは本当なんだ」

「……」

ここで言い返してはいけない。真衣はゆっくりと頷いて見せる。

「真衣さんに異動してもらう新規事業部は、主に渡瀬ワイナリーとの提携に関して動いてもらう部署なんだ。たとえば現地に人を派遣したり、販売をしていく上で戦略を考えたり宣伝をする部署。それで実際に渡瀬ワイナリーに関わっている真衣さんにも加わってもらおうと思ったんだ」

それは真衣にとってもありがたい話だ。実際まだ契約は済ませていないけれど、契約をしたら手のひらを返したように条件を変えられても困る。

弱小ワイナリーには弱小なりのやり方があるし、自分の目の届かないところで勝手に話を進められたくはない。

「真衣さん、自分の目で確かめないと気が済まないタイプだろ?」

思っていたことを言い当てられてドキリとしたけれど、その通りだから仕方がない。

「理由はわかりました。でもそれだったら私が会社を辞めて渡瀬側の人間として参加した方がいいんじゃないですか?」

社内で理由を知った人間が三芳の計らいを贔屓《ひいき》だと言い出すかもしれない。便宜を図ってもらえるのはありがたいけれど、これはきちんとした仕事なのだ。

「いずれはそういうこともあるかもしれないけど、今会社を辞めてしまったら、真衣さん、向こうに行きっぱなしになるだろ?」

「……まあ、そういうことになりますね」

「それは僕がいやなんだ。新規事業部に在籍してさえいれば月の半分ぐらいは向こうに行くことになるけど、こちらにもいてもらえるし、そうすれば真衣さんの顔を見られる」

また会話がおかしな方向に脱線してきている。真衣は探るように三芳を見た。

「……おっしゃっている意味がわからないんですが」

「とりあえず、お友達から始めませんか？」

「は……？　な、なに言って……」

「僕は真衣さんにとても興味を持ってるんだ。でも真衣さんは僕のことあまり好きじゃないみたいだから、まずは友達になって僕を知ってもらおうと思って」

「……」

満面の笑みを浮かべる三芳に、真衣は頭を抱えたくなった。

噂に聞いていた三芳の印象と違いすぎるし、色々な意味で今まで真衣のそばにいなかった男性のタイプだ。

「真衣さん？」

「……勤務は来週からでいいんですよね？」

「え？　あ、うん」

「じゃあ、来週からよろしくお願いします」

ソファーから立ち上がった真衣は、深々と頭を下げると三芳の返事も待たず部屋を出た。

どうせこのまま話を続けていても、会話は噛み合わないだろうし、こちらの気力を削られるだけだ。

三芳と出会ってから、高い壁を前にしたら諦めることを覚えた自分を褒めてあげたい。

「ふぅ……」

扉の前で思わずため息をつきながら視線を上げると、デスクに座っていた笠原と目があった。

「大丈夫ですか？　なんだかお疲れみたいですけど」

「あ……大丈夫です」

見られていたことが恥ずかしくて慌てて姿勢を正すと、その真衣の様子に笠原はクスクスと笑い出す。

「社長、変わっていますでしょう？」

「……はあ」

真衣は素直に頷くのも失礼な気がして、曖昧に笑い返す。

それにしても、専属の秘書にまで変わり者と言われてしまう社長で大丈夫なのか、そちらの方が心配になる。

「でも普段はあんな感じですけど、仕事はとてもできる方なんですよ。そうだわ、私、渡瀬さんにお詫びをしたかったんです」

「え？」

「お父様の件です。社長の指示で私が渡瀬ワイナリーのことを調べて資料を作ったんですが、お父様が亡くなられていたことまで把握できなくて……突然社長が伺って、大変不快な思いをされましたでしょう？　申し訳ありませんでした」

「そ、そんな……大したことじゃないですから」

深々と頭を下げられ、真衣は慌てて手を振った。

自分より仕事もできて綺麗な人に頭を下げられたら、こちらの方が恐縮してしまう。

「ホントに、気にしないでください」

安堵するように笑顔を見せた笠原に、真衣の方がホッとしてしまう。

「これから長いお付き合いになるかと思いますので、なんでも相談してくださいね。これでも社長の扱いには慣れているつもりですから、あの方の言動に困ったときも言ってください。あ、これ私の連絡先です」

差し出された小さなカードは会社の名刺ではない。どうやら笠原のプライベート用の名刺のようだ。

「私は元々社長のお父様の下で働いていたんですが、プレミアムの社長に就任される際に、社長付きを仰せつかりました。お小さいときから存じ上げていますから、ワガママを言われたらおっしゃってくださいね」

そう言ってウインクをする笠原はかわいらしい。とてもあの変わり者の三芳を御《ぎょ》するようには見えなかった。

結局真衣は翌週からライジングプレミアムの新規事業部に異動することになり、その頃にはあのうっとうしい梅雨も明けていた。

三芳の計らいで、真衣は一週間のうちのほとんどを実家で過ごすようになった。打ち合わせのために出社することもあるけれど、三芳が静岡のワイナリーから手配してくれたスタッフの管理もあるので、実家にいる時間の方が格段に長かった。

最初は特別扱いをされることに戸惑っていたけれど、少し遅れて付き始めた花房《かぼう》に無駄な養分を使わないよう剪定したり、成長した房の中から病果を取り除いたりと夏の作業は多く、口には出さないけれど三芳に感謝している部分もあった。

その日は、真衣も新しいスタッフと一緒に作業に勤《いそ》しんでいた。

単調な作業だけれど、果房《かぼう》が触れあわないようにより良いものを選ぶのには神経を使う。真衣自身、毎年収穫の手伝いはしてきたけれど、このようにブドウの生育すべてに責任を持って関わるのは初めてだ。

幸い小牧が辞めてしまった従業員を説得して、わずかだけれど父の元で働いた人間が戻ってくれたことも助かっている。

その数少ない人間の中には、小牧の息子で真衣の幼なじみである陸斗《りくと》もいた。

小中高と続く腐れ縁で、真衣が東京の大学に進学するまでは、なんだかんだと一緒に遊び回った仲だ。

陸斗は高校卒業後に農協に就職をして職員として働いているけれど、繁忙期になると畑を手伝いに来てくれる。

身長こそ高校時代とあまり変わらないが、農作業に関わることが多いからなのか、いつの間にか体つきががっちりとして、男らしくなった。

高校生の頃からなにかと頼りにされるタイプだったけれど、その性格は今も変わらず、近所でもなんだかんだと当てにされているらしい。

今日も朝から畑の手伝いに来てくれて、間引きに慣れていない真衣の側で、色々と助言をしてくれていた。

「真衣、その葉の陰のやつ。それもいらない」

「え？　どこ？」

「ここだって」

日に焼けた太い腕が伸びてきて、真衣の手元の葉をめくる。

「あ、ホントだ」

生い茂った葉の陰に隠れて、まだ小さな果房が現れた。

「こういうのは早く切り落としておかないと、メインのやつに栄養が届かなくなる。見落とすなよ」

「うん」

真衣は言われた通り小さな果房を切り落とすと、脇にあったコンテナの中に投げ込んだ。

こうして黙々と作業をしていると、無駄なことを考えなくてすむ。最近の真衣の悩みの種と言えば主に三芳のことだけれど、ここにいればそのことも忘れられた。

「なあ、真衣」

「ん?」

目の前の果房のどちらを間引こうか悩んでいた真衣は、上の空で返事をする。

「おまえ、もうずっとこっちにいるつもりなのか?」

「ん~しばらくはね」

「ふーん」

しばらく黙って作業を続けていると、また陸斗が話しかけてきた。

「おまえさ、あの若社長とどうなってるんだ?」

「……へ?」

「あいつと付き合ってるのかって聞いてるんだよ」

少し苛立った口調に、真衣は作業の手を止めて陸斗を睨みつけた。

「なにバカなこと言ってんのよ。あの人は会社の社長で、私はそこの従業員なの」

「だって、あいつおまえに会うためにわざわざ東京から来てるんだろ? 農協じゃみんなそう言ってる」

「ちょっと！　変な噂流さないでよ!!」

陸斗の言葉に驚いた真衣は、思わず腰を浮かせた。

このあたりはブドウ農家ばかりで、ほとんどが農協と繋がりがある。つまり、農協で噂になっているということは、近隣の人も知っている話だと思って間違いはない。

真衣の剣幕に陸斗は慌ててその場から後ずさる。子どもの頃は真衣の方が腕白《わんぱく》で喧嘩になると手が早かったから、それを思い出したのかもしれない。

「バカね、もう殴んないわよ」

「おまえ、そう言いながら鋏《はさみ》持った手を振り上げるな！」

「あ、ゴメンゴメン。つい昔の癖で」

慌てて鋏を下ろしたけれど、陸斗はまだこちらを警戒しているようだ。

「ま、俺も噂なんて信じてなかったけどな。真衣とあんな大企業の社長なんてあり得ないって。みんなには俺からガセだって広めとくからさ。さてと、ここの列もあと少しだからやっちゃおうぜ」

そう言ってコンテナを持ち上げた陸斗は、なぜか嬉しそうだ。

「へんな陸斗」

真衣はなぜ鼻歌を歌うほど陸斗が上機嫌なのかわからなかったけれど、噂の件は陸斗に任せておけばいいだろうと思った。

二人が幼なじみなのはみんな知っているし、渡瀬ワイナリーに頻繁に出入りしているのも知っている。その陸斗が否定してくれれば、噂はすぐに収まるだろう。

でもそんな誤解を生んでいるのなら、三芳にはあまり頻繁にこちらに顔を出さないように頼んだ方がいいかもしれない。

真衣がそんなことを考えながら、再び作業を始めたときだった。

「お嬢さん！　お客さんが来てますよ」

緑の向こうから小牧の声が響く。真衣は先ほどの陸斗との会話を思い出して、いやな予感がした。

今日は日曜日だ。さすがに彼だって休みを取っているだろう。そう思いながら、彼ならあり得ると思ってしまう自分がいる。

陸斗の訝しげな視線を感じながら、真衣は鋏を置いた。

「ごめん、ちょっとお願いね」

そう言い残して緑のカーテンの間を抜け出した。

真衣の予感通りいつもの黒い車の前に三芳が立っていて、小牧となにか話をしている。

それからふと顔を上げ、真衣を見つけた瞬間笑顔で手を振ってきた。

「真衣さん！」

まるで子どもがお気に入りのおもちゃを見つけてはしゃいでいるように見える。

気づくと陸斗も顔を覗かせてこちらを見ていて、これでは陸斗でさえ噂を信じてしまいそうだ。

真衣は頭を抱えたくなるのを堪えて、大股で二人の側に近づいた。

「……社長。今日はどうされたんですか？　いらっしゃるなんて聞いてませんけど」

陸斗にも聞こえるように、わざと大きな声で社長と呼びかける。

「やあ、真衣さん。お疲れさま。今、今年の収穫時期の日程について小牧さんに伺ってたんだ。ぜひ僕も参加させて欲しいからね」

「それは……構わないですけど、今日はお休みですよね？　それぐらいのことなら電話でも。それに明日は私も出社予定ですし」

「うちが今一番力を入れている事業なんだから、やっぱり生育状況をこの目で確かめたいと思ってね。それに真衣さんの顔も見たかったし」

「なっ！」

三芳の爆弾発言に、隣の小牧も目を丸くする。この人をこのまま喋らせていたら、火のないところに煙は立たないどころか、大火事になりそうだ。

「社長！　詳しいことは事務所の方で説明しますから行きましょう！」

真衣はとっさにそう叫ぶと、三芳を車の中に押し込んだ。

「小牧さん、あとお願いしますねっ！」

そう言い残して自分も車の助手席に乗り込んだ。

「ただでさえおかしな噂が流れてるのに、あんなこと言ったら、みんなが誤解するでしょ！」

車が走り出してすぐ、真衣は三芳を睨みつけた。

「もうっ！　いい加減にして！」

真衣の怒りの原因がわからない三芳は、不思議そうに首を傾げる。

「なんのこと？」

「……私と三芳さんが付き合ってるんじゃないかって噂になってるんですよ！」

「え？」

「ここは田舎だから、外からきた人は目立つの。それなのにみんなの前で私の……顔が見たいなんて」

そこまでまくし立てて、真衣は急に恥ずかしくなった。

男性にそんなことを言われるのなんて初めてだし、目の前に噂の相手がいると思ったら、急に意識してしまう。

「と、とにかく！　ここにはあまり頻繁に顔を出さないで。報告が必要なら私が出社したときでも電話でもいいじゃない。三芳さんだって変な噂が立ったら困るでしょ」

真衣は頬が火照っているような気がして、三芳から視線をそらし窓の外を見た。

たくさんのブドウ畑や、畑のあちこちで作業をしている人の姿が見える。きっとこの三芳の車も珍しいから、それを見てまた噂をする人がいるかもしれない。

「僕は構わないけど」

「……は？」

「僕は真衣さんと噂されても構わないよ。それに元々君に興味があるって言っただろ？」

思わず顔を上げた真衣を、三芳が横目で見つめながら微笑んだ。

「バ、バカなこと言わないで……っ」

「どうして？　真衣さんは僕に男としての魅力は感じないの？」

「……っ！」

「僕は真衣さんのことを魅力的な女性だと思っているけど」

あまりにもきっぱりとした口調に、真衣は自分がからかわれているのではないかと疑った。

元々三芳は真衣の言動を面白がっている節があるし、これも彼のお楽しみのひとつなのかもしれない。

だいたいどうしてこんな会話をしているのだろう。みんなが誤解しないように彼を連れ出したただけなのに。

真衣がなにも言えないのを見て、三芳はため息をついた。

「とりあえず友達ってことで我慢しておくよ。でも少しは考えてみて欲しいな」

三芳はそのあとは真衣を困らせるようなことは口にせず、自宅まで車を走らせてくれたけれど、真衣の心臓はドキドキと身体の中で暴れていて、いつまでも静かにならなかった。

4　涙とキス

真衣は自宅の引き戸を開けると、家の中に向かって大きな声で呼びかけた。

「お母さん、三芳さんがいらしたよ」

すぐに久子が姿を見せて、いつものように愛想よく三芳を出迎える。

「まあまあ、いつもご苦労様です」

久子は相当三芳が気に入っているらしい。普段は並べたりしないスリッパを、いそいそと出してきた。

「三芳さん、収穫時期なんかの予定を決めるなら事務所の方が」

久子の前でまたとんでもない発言をされたら、あらぬ誤解を生みかねない。そう思った真衣の言葉を、久子があっさりと遮ってしまった。

「真衣、事務所はエアコンもないし暑いじゃない。三芳さんに失礼でしょ。さ、むさくるしいところですけどあがってくださいな」

「で、でも……」

「恐れ入ります」

久子に誘われて、上がり込む三芳の背中を、真衣は苦々しい気持ちで見つめていた。

ここまで来てもらって申し訳ないけれど、さっさと追い返してしまいたい。

まあ、どうせ明日は月曜日だし、三芳も早めに東京に戻るだろう。そう高をくくって、自室で着替えをしてから居間に顔を出すと、話はあらぬ方向に進んでしまっていた。

「真衣。今日は三芳さん、うちに泊まっていただくことにしたから」

「はぁ!?」

「せっかく来ていただいたんだから、ぜひお父さんの造ったワインを召し上がってもらいたいのよ。でも三芳さん、お車でしょ。だからね、明日の朝お帰りになったらどうですかっておすすめしたの」

「そ、そんなの迷惑でしょ。三芳さんだってお仕事が……」

久子はなにを考えているのだろう。相手はまだ知り合って間もない上に、大企業の社長で正真正銘《しょうしんしょうめい》のお坊ちゃまだ。

こんな田舎の家に泊まらせるなんてとんでもない。三芳だって迷惑なはずだ。

「ワインなら持って帰ってもらってもいいじゃない。私カーヴから見繕って……」

「僕なら構わないよ。生産主さんのお宅でワインをいただくなんて最高の贅沢じゃないか。それに明日の朝東京に帰るなら、真衣さんも一緒に車に乗っていけばいいし」

「そ、そんな。私は電車で……」

「あら、いいじゃない。真衣、いつも朝の電車で寝過ごしたらどうしようって言ってるんだから、三芳さんが一緒なら安心でしょ」

久子までそんなことを言い出す始末だ。

反対をしようにも、よく見れば三芳の前にはすでにグラスが置かれていて、ワインを口にしてしまっているらしい。

これでは今更真衣が騒いでも追い出すこともできないだろう。一瞬近くのホテルを予約して送っていくという考えも浮かんだけれど、久子が許さないはずだ。

父が亡くなってからあまり人付き合いをしなくなった久子が、これほど三芳のことを気に入ったのは不思議だった。

病院のカウンセリングの様子だと、父が亡くなったことで業者に手のひらを返されたり、従業員に退職を願い出られたり、人間不信になりかかっていると医師に言われた。

てっきり三芳のことも警戒すると思っていたのに、そんなそぶりどころか、まるで自分の息子が久しぶりに帰ってきたようなもてなしぶりだ。

確かに三芳には人を惹きつけるなにかがある。そうでなければ若くして会社のトップに立ち、たくさんの社員を引っ張っていくことなどできないだろう。

久子と楽しげに会話をする三芳を見つめながら、真衣は不思議な気分だった。

こんなに自分たちによくしてくれているのに、なにが不安なのだろう。

三芳と話をしていると会話が噛み合わなかったり、イライラするときもある。真衣は思ったことをすぐに口にしてしまうから、考えがなさ過ぎるとよく言われるけれど、三芳はそんな真衣にも怒らずに接してくれていた。

それどころかいつも真衣をからかったり、その会話を楽しむ余裕すらある。

三芳が持っていて、真衣にないもの。久子を始終笑顔にさせたり、安心させる力。自分はそれがうらやましいのかもしれない。

夕食は久子の心尽くしの料理が所狭しと並び、畑から戻った真一も加わり和やかな時間となった。

特に真一は三芳に質問ばかり浴びせかける。

「三芳さんはいくつの時に社長になったんですか？　やっぱり特別な帝王学とか勉強したんですよね」

自分の身近にはいないタイプの大人の男性、しかも規模は違うけれど経営者という立場の三芳に憧れのような眼差しを向けていた。

あまり個人的なことばかり聞くのは失礼だ。そう思った真衣が真一を注意しようとしたときだった。

「僕は経営法学部出身なんだけど、大学で学んだこと以外は特になにもしてないんだ。僕たちの父親の年代は助言をしてくれると言うより身体で覚えろっていう世代の人だからね。新卒で父の会社に入ったけど、最初は大変だったよ。真一くんは渡瀬ワイナリーを継ぐつもりなんだろ」

三芳はそう言いながら、ワイングラスを手に真一に向き直った。

「はい。そのつもりだったんですけど、大学で勉強していることが実践でどう役立つのかよくわかんなくて。だったら退学してすぐに仕事をしてもいいんじゃないかって。でも姉貴はちゃんと卒業しなくちゃダメだってうるさくて」

少し拗《す》ねたように真衣をちらりと見た真一に、三芳はくすりと笑いを漏らす。

「それはお姉さんが正しいと思うよ。大学はね、社会に出る準備をする場所でもあるんだ。水泳だって準備運動をしなければ足がつったりするだろ？　ブドウだって冬の間休眠して春芽吹くための力を蓄える。今、真一くんはその時間なんじゃないかな」

「……三芳さんも大学を続けた方がいいって思いますか？」

「もちろん。それに大学の時の友人は将来の人脈としても大切だし、大学生活は真一くんの一生の財産になる」

真一はしばらく真顔でなにか考え込んでいたけれど、三芳の言葉に納得したのか吹っ切れたように頷いた。

「俺、頑張って大学を卒業します。それから頑張って渡瀬ワイナリーを大きくする」

父はあまり饒舌な方ではなかったから、こんなふうに将来についてきちんと話をしたことはない。真一は三芳のこの助言になにかを感じたようだった。

そのあとも「三芳さん、三芳さん」と、まるで弟が兄を慕うようにまとわりついて、色々話し込んでいた。

それに三芳は痩せの大食いなのか、一回り以上年の違う真一と同じようによく食べた。もちろんガツガツという食べ方ではなく、食べる所作は上品なのに、気づくと皿が空っぽになっているという感じだ。

真衣は久子がその姿を嬉しそうに眺めているのを見て、なぜかモヤモヤとした気持ちがつきまとった。

三芳を風呂に案内して戻ってくると久子が夕食の片づけを始めたので、真衣は客間に布団を敷いておくことにした。

客間と言ってもただの和室で、取り立ててなにがあるわけでもない。三芳はだいぶワインを飲んでいたから、夜中に喉が渇いてもいいように、枕元に水差しとグラスを置いてから部屋を出る。

三芳は父が去年仕込んだ最後のワインをいたく気に入ったようで、食事の間にもしきりに褒めていた。

「そんなに気に入ったのならお土産に何本か差し上げますね」

久子が上機嫌でそう口にしていたのを思い出す。

「お母さん、私カーヴからワイン出してくるから」

台所の久子にそう声をかけ、裏口から醸造所に向かう。

渡瀬ワイナリーのカーヴは醸造所の地下にあり、事務所の横の扉から地下へ降りることができる。

真衣は階段の電気を点けると、ゆっくりとコンクリート造りの階段を降りていった。

真っ直ぐな階段を下《くだ》りきると、すぐ左手にドアがある。入り口近くの電気の明かりはほんやりしか届かず、扉を開けるとカーヴの中は真っ暗だ。

真衣が手探りでスイッチを探すと、カチッと小さな音がして、カーヴの中が明るくなる。

少しかび臭いような独特の匂いとひんやりとした空気。

祖父の時代は天然のカーヴとして手を入れていなかったが、真衣が中学生になった頃から空調がついて、適度な温度調整もされるようになった。

棚には渡瀬ワイナリーで造られた物以外にもたくさんのワインが並んでいて、真衣は不思議な気持ちで棚を見て回る。

子どもの頃は真夏に涼しいからとこのカーヴに入り込んで、父によく怒られた。それから、特別なお客さんや記念日には父が必ずここからワインを取り出してきたものだ。子どもだったけれど、母が炭酸水にほんの少しワインを入れてくれて香りを楽しんだのをよく覚えている。

真衣は小さな食器棚からワイングラスとオープナーを取り出すと、特別に低温保存されているセラーからハーフボトルのワインを抜き取る。

これはここ数年父が手がけていたデザートワインで、まだ商品としては市場に出回っていない。

ヨーロッパなどではアイスワインと呼ばれ、真冬に凍ってしまった果房から造られる、甘みの強いワインだ。

真衣の住んでいるあたりは、夏は猛暑で冬は雪が積もるほど寒くなるので、条件さえ合えば上質のデザートワインを造ることができた。

小さな冷蔵庫の中には氷が常備されていたから、ワインクーラーにボトルと一緒に放り込む。

このアイスワインの問題は手間がかかるということで、弱小ワイナリーにはなかなか市場に出回るほどの生産は難しい。

日本ではあまりデザートワインを飲む習慣はないけれど、家庭でも飲みやすいようにと考えた父は、ハーフボトルで製造を考えていた。

まるでシロップのように甘みがあるので、量を飲むのには適さない。食前酒や食後にほんの少し楽しむようなワインなのだ。

真衣は頃合いを見計らってボトルを取り出すと、慣れた手つきでコルクを抜く。それから琥珀色の液体を少し小ぶりのワイングラスに注いだ。

すぐに甘い香りが立ち上って、真衣はゆっくりとその香りを吸い込みながらグラスに口をつける。

すぐに凝縮された甘みが口の中に広がって、ゆっくりと喉を滑り落ちた。

「……おいしい」

ここのところ朝から畑で作業をしているし、疲れが溜まっているのか甘いものが身体に染みる。

真衣が木製のスツールを引っ張ってきてそこに座り、もう一度グラスに口をつけようとしたときだった。

――カツン。

小さな物音がしたような気がして、あたりを見回す。人の気配を感じて扉を見つめていると、ゆっくりと扉が開いて三芳が顔を覗かせた。

「……三芳さん？　どうしてここに？」

風呂上がりの三芳は真一に借りたのか白いTシャツに紺のハーフパンツという、まるで学生のような格好をしている。髪が少し濡れているせいか、いつもの彼とは印象が違う。

「お母さんに聞いたら、君がカーヴに行っているっていうから。一人で飲んでたの？」

からかうように言われて、真衣は恥ずかしくなった。

「み、三芳さんも飲む？」

真衣は急いで立ち上がると、三芳のグラスを用意してワインを注ぐ。

「どうぞ」

座っていたスツールを三芳に勧め、自分は部屋の隅から同じ物を引っ張ってきた。

「これ、デザートワイン？」

グラスの形と香りで気づいたのだろう。三芳は物珍しげにグラスのワインを揺らしてから口をつける。

「……うまい。これはどこのワイン？」

驚いて目を見開く三芳に気をよくした真衣は、少しだけ得意げに口を開いた。

「これは父が造ったものなの。いつか市場に出せたらって思って開発していたみたい。日本でもおいしいアイスワインが造れるっていつも話してたわ」

「……渡瀬ワイナリーの商品なのか。ここまで出来がいいのにどうして市場に出さなかったんだろう」

「アイスワインは手間も時間もかかるでしょ。うちは小さなワイナリーだからその開発だけをするわけにはいかないし……父はレストランといった特別な場所だけじゃなく、一般の家庭でも手軽に楽しんでもらえるものを考えていたの。でも日本ではまだデザートワインを家庭で楽しむ習慣がないから、色々試行錯誤していたみたい。ほら、これ見て」

真衣はワインクーラーの中のボトルを見せる。

「ハーフボトルなら価格も抑えられるし、少量を楽しむのにも便利でしょ。私はたまにしか実家に帰らなかったけど、父はいくつになっても新しいことに挑戦する人だったのね」

「真衣さんは、ワインが……お父さんが大好きなんだね」

「え？」

三芳の言葉に、真衣は思わずボトルを取り落としそうになる。

「自分で気づいてない？　お父さんやワインの話をしているときの真衣さんはとても楽しそうだよ」

「……」

今まで誰かにそんなふうに指摘をされたことはない。

もちろん父のことは好きだったけれど、正直ワイナリーに執着など持っていないつもりだった。

家業を手伝うつもりなどないから東京の大学に通い、そのまま就職したのだ。

それなのに三芳には真衣が気づいていない部分が見えるのだろうか。

「あの、さっきは……ありがとうございました」

「なんのこと?」

「真一のこと。あの子、私がなにを言っても大学を辞めるって聞かなくて困ってたの」

「ああ」

真一との会話を思い出したのか、三芳も小さく笑いを漏らした。

「彼も彼なりにワイナリーを支えていこうと必死なんじゃないかな。僕は真衣さんたちを見ているとうらやましいんだ」

三芳は手の中のワイングラスを小さく揺らしながら、なにかを考えているように見える。

「僕は一人っ子なんだけど、父は知っての通りグループ企業の代表だし、母は家で子どもの世話をするタイプの人じゃなかったんだ。いつも誰それと観劇だ、今日はお花の会の集まりだと称して、ほとんど家にいなかった。だから、真衣さんの家に来て、家族が仲良く食卓を囲んで会話をするのを見て驚いたんだ。たぶん真衣さんたちが普通で、僕の家が普通じゃないのにね」

そう言って笑う三芳の顔は、いつもと違い少し寂しげに見える。

彼の家ならきっと大きなダイニングルームに広いテーブルがあるのだろう。そんな場所で小さな男の子が一人で食事をしている。

きっとお手伝いさんのような人がいて、彼の世話をしていたのだろう。想像しかできないけれど、それはとても寂しくて切ない気がした。

真衣の家も、今は食事時といえば家族だけの時間が多いけれど、子どもの頃は従業員が夕食に加わることもあり、もっと賑やかだった。

母が毎日家族の人数より多めのご飯を炊き、大量のおかずを作るのが大変だとこぼしていたのを覚えている。

今思えば、それはとても温かくて幸せな食卓の風景だったのかもしれない。

「……たまになら、食事食べに来てもいいですよ」

「え？」

「三芳さんの口に合うような物は出せないけど、こんな家でもいいなら食事ぐらいいつでも来ていいです」

顔を見られるのがイヤで、真衣は横を向いたままぶっきらぼうに呟いた。

「……」

三芳がなにか言ってくれると思ったのに、いつまでたっても黙ったままなのに痺《しび》れを切らした真衣が、顔を上げようとしたときだった。

ふわりと空気が揺れて、真衣の頭に三芳の手が触れた。

「……っ！」

思わず三芳を見上げると、彼は甘い笑みを浮かべて真衣を見つめている。

「ありがとう」

たったそれだけの言葉なのに、真衣は胸が苦しくなって三芳の顔から視線を外すことができなくなった。

「真衣さんは優しいね」

「……そんな、こと……」

大きな手がゆっくりと髪から頬を撫でる。その動きが気になって、もう自分でもなにを口にしたのかわからない。

三芳の目がいつもより甘く誘うように揺れた気がして、瞬きもできない自分に驚いていた。

三芳が真衣の頬を引き寄せて顔を傾けてきたときも、これからなにをされるかわかっていたのに、ただその顔を見つめていた。

「……真衣さん」

そう呟いた三芳の吐息が唇に触れる。その震えるような感覚に堪《た》えきれずに目を閉じたとき、二人の唇が重なりあっていた。

三芳との初めてのキスは軽く触れるだけの、繊細なキスだった。真衣が嗅ぎ慣れたボディーソープの香りと、ワインの香り。

まるで強く触れたら真衣が泡のように消えてしまうと思っているのか、離れる瞬間彼の震えを確かに感じた。

「ごめん。友達からって言ったのに」

三芳の申し訳なさそうな声に、真衣は少しだけ落胆しながら小さく首を振った。

キスされるとわかっていたのだから、避けることもできた。でも自分は避けなかった。それどころか最初の彼の言葉が謝罪だったことに、真衣はがっかりして、そしてがっかりしている自分に驚いていた。

二人きりでお酒を飲んで、しんみりしていたから雰囲気に流されたのかもしれない。でも、あの一瞬は三芳のキスを待っていた。

自分の心の変化に驚いていた真衣は、しばらく呆然と彼の顔を見上げていた。

「真衣さん？」

不安げな三芳の声に我に返る。

「……も、もう寝ないと。ほら、車を運転するんだから寝不足じゃ危ないでしょ……っ」

真衣は慌てて立ち上がると、手早くグラスやワインを片づけ始める。

あんなに三芳のことを迷惑がっていたのに、自分はどうしてしまったのだろう。三芳にその変化を気づかれているような気がして、彼の顔をまともに見ることができない。

結局真衣はそのあと三芳と一言も言葉を交わさずにカーヴをあとにしてしまった。

翌朝、二人は三芳の運転で東京に戻った。

真衣は前の晩素っ気なく別れてしまったことが気になって、顔を合わせるのが気まずかったけれど、三芳はいつもの笑顔で出迎えた。

「おはよう、真衣さん。昨夜はよく眠れた？」

「……お、おはようございます」

思わず、眠れませんでしたと答えてしまいそうになり、真衣は慌てて口をつぐむ。

朝が早いのだから早く眠らないと。そう思っても、目を閉じるとあの時の三芳の甘さを含んだ微笑みや、湯上がりのボディーソープの香りがよみがえってきて、二人が交わした初めてのキスを思い出してしまう。

あのキスには意味があったのだろうか。それとも雰囲気に流されたから？　そんなことを考えているうちに、気づくと窓の外が白み始めていたのだ。

こんな気持ちを抱えたまま、三芳と二人きりで車に乗ると考えただけで逃げ出したくなる。いっそ、一人で電車に乗って帰ってしまえばよかった。

「これ、車の中で食べなさい。三芳さん、またいらしてくださいね」

久子は真衣と三芳の間に流れる微妙な空気に気づかないのか、オニギリが入っていると思われる包みを押しつけた。

「三芳さん、着替えをしに帰りますよね？　私どこかの駅で降ろしてもらえれば電車で会社までいけますから」

車が高速に乗るなり、真衣は口を開いた。

「大丈夫、ちゃんと会社まで送るよ。着替えなら会社に予備があるから問題ない」

「じゃ、じゃあ、会社から少し離れたところで降ろして」

その言葉に笑みを浮かべていた三芳が少しだけ眉を上げた。

「どうして?」

「だって……三芳さんの車に乗っているのを誰かに見られたら困るじゃない」

「それが……困ること?」

「……」

悪びれない三芳の言葉に、まるで気にしている自分の方がおかしい気持ちになってくるから不思議だ。

せっかく朝早くから運転をして、会社まで送ると言ってくれるのだから、素直にお礼を言えばいい。

でもなぜか三芳には心を開けない自分がいる。

真衣はその理由に気づいていた。三芳は真衣が持っていないもの、憧れているものを持ちすぎているのだ。

それは財産や地位といったものではない。本当は真衣も持っていたのに、いつの間にか無くしてしまったもの。

「三芳さんは……どうしてそんなに人に対して優しく、寛大になれるんですか？」

「……え？」

不思議そうに首を傾げて、三芳が横目で真衣をとらえる。手は滑らかな手つきで器用にハンドルを操り、早朝の空いた高速道路を走り抜けていく。

「母も弟も、それから小牧さんだって三芳さんのことすごく頼りにしてる。母、楽しそうだったでしょ。父が亡くなってから、母があんなふうに楽しそうにしてるの初めて見たの。私が母を安心させたくて一生懸命頑張っても、あんな顔させられなかった」

昨日から、いや三芳に出会ったときから感じていた、胸の奥のモヤモヤが一気に溢れ出てくる。

「そういえば、真一くんから聞いたけど、お母さん心療内科《しんりょうないか》にかかってるんだって？」

「……ええ。父が亡くなって……私が東京に戻って間もなく、様子がおかしくなったの。ちょうど渡瀬ワイナリーが倒産か廃業をするんじゃないかって噂になって従業員も辞めた頃だったし、母の心には相当の負担だったのね」

「……」

黙り込む真衣に、三芳はなにも言わずに次の言葉を待ってくれた。

「私、本当はワイナリーなんて閉めてもいいって思ってたの。そんなに興味もなかったし。

でも母にはワイナリーと父が人生のすべてだったのよ」

「それで、真衣さんはワイナリーを続けようと思ったんだ」

真衣は俯いたまま、シートベルトに顔を埋めるようにして頷いた。

「でもね、やっぱり私じゃどんなに頑張っても母の不安を取り除いてあげることができなくて、なにかひとつ言うのにも母の顔色を見て、ビクビクしてて……それなのに三芳さんは私が何ヶ月かけてもできなかったことを簡単にやっちゃうんだもの」

そうだ。自分が三芳に感じていたのは嫉妬だ。仕事もできて誰にでも好かれる三芳に嫉妬している。

あまりにも子どもっぽい感情に気づいてしまい、涙がこみ上げてきそうになる。三芳には関係のないことなのに。

「それは……僕が他人だからじゃないかな」

静かな三芳の声に、真衣は泣き出しそうなのも忘れて、その横顔を見つめた。

ＢＭＷの車内は静かで、真衣の今にもしゃくりあげそうな息遣いだけが響く。

「お母さんは真衣さんに甘えているんだよ。僕には他人だからそんな顔できないけど、真衣さんには自分の弱い部分を見せられる。そういうことなんじゃないかな。だから真衣さんはそんなに頑張らなくてもいいんだと思うよ」

――頑張らなくていい。

そう言われた瞬間、真衣の瞳に溜まっていた涙が堪えきれずに溢れ出した。

父が亡くなってから誰かにそう言われたのは初めてだった。母や弟、周りの人たちは真衣がワイナリーを続けると言ったときも今も、みんな必ず「頑張って」と口にした。

それは少しずつ真衣の心の重石になって、いつの間にか自分はこんなに頑張っているのに……そんな気持ちになっていた。

「……っく……っ」

泣いていることに気づかれたくない。それなのに涙は次から次へと溢れて、真衣の頬を濡らす。

この人は不思議な人だ。いつの間にか母や弟だけじゃなく、私の心の中にまで入り込んで、こんなふうに私を無防備にさせてしまう。

真衣はバッグの中からハンカチを取り出し、涙を拭いながら三芳を見つめた。

さっきまで居心地が悪くて一緒にいたくないと思っていた三芳が、なぜか別の男性のように見える。

今初めて出会ったかのように、新鮮で胸の奥がきゅんと締め付けられる。

どうして？　彼が自分の欲しいと思っていた言葉をくれたから？

呆然とする真衣の視線に気づいたのか、三芳が小さく微笑んで、それから左手を伸ばし真衣の頭にのせた。

「……っ」

小さく息を呑む真衣に、三芳は甘く微笑みかける。

「僕は笑っている真衣さんの方が好きだから、早く笑ってくれると嬉しいな」

三芳はそう言いながら、優しく真衣の頭を撫でた。

5　君へのご褒美

結局三芳は真衣の希望通り、会社から少し離れたコンビニの前で車を停めた。

「本当にここでいいの?」

「はい。ありがとうございます」

頭を下げて車を降りようとする真衣を、三芳が呼び止める。

「真衣さん、今週は明後日まで東京だよね?」

「はい」

「じゃあ、今夜か明日の夜時間をもらえるかな。これからのことを話したい」

もうすぐ収穫期になるし、正式な契約を進めようと言うのだろう。真衣は少し考えて頷いた。

「今夜は友達と約束があるので、明日の夜でどうですか」

「わかった。あとで笠原から時間と場所を伝えさせるから」

あまり長く車の中にいて、誰かに見られたら困る。真衣はもう一度礼を述べてから車を降りたけれど、なぜか後ろ髪を引かれるような不思議な気持ちになった。

車の中から手を振られ、真衣も胸のあたりで小さく振り返す。それから黒い車が静かに走り出して、次の信号を曲がるのを見届けてからコンビニに入った。

別に買いたいものがあるわけではなかったけれど、このまま会社に向かう気持ちになれない。

なんだか気持ちがフワフワして、まるで朝帰りでもした気分だ。

三芳の前で大泣きをしてしまい、頭がぼんやりしているせいかもしれない。真衣は頭をスッキリさせるためにカフェイン飲料を購入してから店を出た。

新規事業部での真衣の仕事は、主に広告や宣伝関係のチェックや、セールトークの案を考えるといったところだ。

もちろん本社に担当者がいて、宣伝のために広告代理店も入っている。

真衣から見ればそこまでしてもらえば自分が口を出す余地などないのだが、三芳は渡瀬ワイナリーのよさを損なわない、シンプルな広告を作りたいと言う。

今年は関東エリアだけの限定販売で、来年以降は少しずつ規模を大きくしていく計画だ。

三芳の考えはあくまでも少数ロットでレア感を煽りたいらしい。渡瀬ワイナリーの商品にはそれだけの価値があると言ってくれた。

大量生産の薄利多売《はくりたばい》を提案されると思っていた真衣は、正直三芳の考えに驚いていた。

午前中は社内の担当者と打ち合わせをし、午後は代理店の人も交えて広告の撮影スケジュールなどを話し合う。

ポスターに収穫期を迎えたブドウ畑を使うという案が決まっていて、下見の日程などを決めているうちに勤務時間が終わっていた。

今日は彩花と食事をする約束をしていて、真衣は仕事を終えると定時にオフィスをあとにした。

「真衣！」

エレベーターを降り、ロビーに出たところで名前を呼ばれる。受付のすぐ側で手を振っている彩花の姿に、真衣もホッとして手を振り返した。

「やーっと話す気になったわけ？　まあ、真衣から聞かなくても社内中で噂になってるから、だいたいのことはわかってるけどね」

居酒屋に入り、オーダーしたビールを受け取ると、彩花は開口一番そう言った。

「ゴメン……なんか私もよくわからないうちに色々決まっちゃって」

「わかってるわよ、それぐらい。それで、新規事業部はどうなの？」

彩花は顔に似合わず大酒のみで、一口でジョッキの半分を飲み干しながら真衣を見た。

「みんな良くしてくれるよ。ほとんど実家にいて役に立たないのに、決定事項は必ずメールや電話で確認してくれるし、優遇されすぎて申し訳ないぐらい」

そうなのだ。真衣の直属の上司は男性で父に近い年齢のはずなのに、平社員の自分にもきちんと接してくれる。

三芳の思いが通じているのか、良いものを作っていこうという気持ちが伝わって来るのだ。

「ねえねえ、噂の若社長はどうなの？」

「……は？」

「プレミアムの三芳社長よ。彼ってやり手って噂だし、やっぱり仕事にも厳しいんでしょ。無理難題言われてるんじゃないの？」

「そ、そんなことないよ？　とっても優しいし」

真衣の言葉に彩花が目を丸くする。

「私、仕事はどうかって聞いたのよ？　なになに？　なんか優しくされるようなことがあったわけ？」

好奇心丸出しで身を乗り出してくる彩花に、真衣は慌てていいわけを考える。

色々説明したいけれど、まだ自分自身の気持ちもぐちゃぐちゃで、余計なことを口走ってしまいそうだ。

「ち、違うよ。親切にしてくれるって意味！　私なんかがあんな御曹司となにかあるわけないじゃない。今は仕事で会う機会も多いから想像していたより優しい人だなって思っただけ！」

　顔は赤くないだろうか？　彩花は鋭いから、下手なことを言ったら三芳との間にあった出来事を根ほり葉ほり聞かれるに決まっている。

　まあ雰囲気に流されたとはいえキスはしたわけだから、なにもなかったと言えば嘘になるけれど、それは敢えて考えないことにした。

「まあ、それはないか～」

　いつの間にか彩花のジョッキは空になっていて、追加オーダーのためのメニューを見ながら呟いた。

「え？」

「真衣がプレミアムに異動になってから、こっちの女子社員の間でも、若社長のことが結構話題になったのよ。で、そのときちょこっと聞いたんだけど、専属の秘書の……なんて言ったかな、その人がコイビトなんじゃないかって」

「……笠原さんのこと？」

　笠原の名前を口にして、真衣の胸の奥がざわざわと騒ぎ出す。真衣も初めて会ったときの二人の親密さに、もしかしたらと思ったのだ。

「そうそう、その人。結構男性社員にアプローチされてるのに誰にもなびかないのは、社長と付き合っているからなんじゃないかって」

「……」

彩花の言葉はもっともで、それ以外真実はないだろうと思えてくる。

じゃあどうして三芳は自分にキスをしたのだろう。友達からと言ったのは、純粋に言葉の通りで、お互いに理解を深めて仕事をしたいという意味だったのだろうか。

「あ、真衣。次なに頼む?」

幸い真衣がショックを受けていることに気づかなかったのか、彩花はメニューを手渡してくる。

「あ、うん」

ぼんやりとしながらメニューをめくったけれど、頭の中は三芳への不信感でいっぱいだった。

「ねえ、収穫の時期は決まったの? 今年は私の彼も一緒に行きたいって言うんだけど、いいかな?」

そう言った彩花の声も耳に届かない。

「真衣? 聞いてる?」

大きな声で呼びかけられて、真衣は慌てて顔をあげた。

「え？　なに？」

「もう！　メニュー真剣に見過ぎ！　収穫の手伝い、彼も一緒に行きたいんだけど大丈夫？　って話！」

「あ、うん。人手は多い方がいいから大歓迎だよ。もうすぐ早摘《はやつ》みが始まるけど、本格的なのは九月の中旬からだから、都合のいい日教えてくれれば母に頼んでおくから」

九月の中旬といえば、あと一月もない。真衣は急に時間が迫っていることに気づかされた。

三芳のことになど気持ちを割いているわけにはいかない。収穫が始まればすぐに醸造が始まるし、もっと忙しくなる。

頑張ってくれている従業員や母のためにも、真衣が気を抜くわけにはいかなかった。

「今年のブドウはとっても出来がいいの。小牧さんもいいワインが仕込めるだろうって」

「楽しみ！　私、真衣の家のワインが一番好きよ」

そう言ってくれる彩花の言葉が一番嬉しい。たくさんの人にそう言ってもらえるものを造りたい。

真衣は揺れている自分の心が怖くて、必死にワインのことだけを考えるように自分に言い聞かせた。

翌日出社をすると、新規事業部のオフィスに笠原が姿を見せた。

「渡瀬さん、ちょっとよろしいですか?」

ミントグリーンのジャケットに白いフレアスカートという笠原の姿は、女性らしく華やかで、その場がパッと明るくなる。

昨日彩花から噂を聞いたばかりだった真衣は、その姿がいつにも増して眩しくて、なんだか気後れしてしまう。

「お、お疲れさまです」

「こちら、本日の待ち合わせ場所です。渡瀬さんにお伝えするように社長から言いつかって参りました」

白い封筒を手渡してくる笠原の指は華奢で、ヌードカラーのネイルが艶やかに塗られている。それに比べて真衣の手はすっかり日に焼けて、農作業のせいか傷だらけだ。

封筒を受け取る瞬間その違いに気づいて、真衣は受け取るなりサッと手を後ろに隠してしまった。

「ありがとうございます。でも、これぐらいならメールでも」

「そうなんですが、私が渡瀬さんにお会いしたかったんです」

「……え?」

眉を寄せる真衣に向かって、笠原はにっこりと微笑んだ。

「社長、また渡瀬さんのところにお伺いしていたんですよね。なにかご迷惑をおかけしなかったかと心配していたんです」

もしかしてこれは、コイビトとして探りを入れられているのだろうか。

「め、迷惑だなんて……こちらこそ母が無理矢理引き留めてしまったので、お仕事に差し支えなかったか心配してたんです」

「そうですか？　社長はワガママなところがありますから、無理なことを言うときはガツンと言い返してくださいね」

「……はあ」

三芳は、笠原と二人きりの時はワガママを言うのだろうか。今まで何度か会ってきて少し、というかかなり変わっていると感じたけれど、彼がワガママだと思ったことはない。

それだけ二人は親密だと釘を刺された気がした。

「お仕事中お邪魔いたしました。今夜は楽しまれてくださいね」

なぜか笠原は意味深な笑みを浮かべてオフィスを出て行ったけれど、もう言葉の通り食事を楽しむことなどできない気がした。

封筒を開けるとご丁寧にプリンアウトされた店の地図が入っていたけれど、真衣の知らない店の名前だった。

横文字だから和食でないことは確かだが、イタリアンなのかフレンチなのか、服装はどうすればいいのかも全くわからない。

封筒の中にはもう一枚メモ用紙が入っていて、

〝こちらでお名前をおっしゃってください。後ほどお迎えに伺います。　笠原〟

と記されていた。

「どういうこと……？」

三芳の片腕である彼女がすることに間違いはないだろうが、こんなことならさっき彼女の前で中身を確認しておけばよかった。

でもなぜか笠原と話をするのは後ろめたくて、真衣は一人で指定された店に行くことにした。

三芳だって真衣が会社帰りなのはわかっているし、ドレスコードがある店に行くなら、あらかじめ教えてくれるはずだ。

でも指定された店の前に立ったとき、真衣は自分の考えが甘かったことに気づかされた。

店はレストランでもカフェでもなく、美容室だったのだ。

しかも真衣の記憶に間違いがなければ、芸能人やモデルが利用することで有名なビューティーサロンのはずだった。

店はまるで映画に出てくる宮殿のようなゴージャスな外装と一般人など寄せ付けないような店構えで、真衣のような普通のＯＬが足を踏み入れていいような場所ではない。

普段真衣が通っているチェーンの美容室は、若い女性だけでなく年輩の女性……近所のオバサンでも気軽に立ち寄れる店だ。間違ってもこんな威圧的な建物ではないことだけは確かで、この外装だけで足が竦《すく》んでしまう。

何度も手元の地図と店の名前を確認したけれど、やはり間違いではないようだ。

笠原に連絡してみよう。そう思い携帯電話を取り出したとき、店の中にいた女性と目があってしまった。

こんなところでウロウロしていたら不審者だと思われてしまうかもしれない。真衣は慌てて場所を変えようと踵を返す。

それを追いかけるように自動ドアの開く音がして、女性が真衣を呼び止めた。

「渡瀬様ですか?」

突然名前を呼ばれて、真衣は逃げるのも忘れて声の主を見た。

「渡瀬様、お待ちしておりました。どうぞこちらへ」

白いブラウスに細身の黒いパンツを穿いた女性は安心させるように微笑むと、真衣の腕をとって店の中へと招き入れる。

「あ、あの……っ」

「ご予約の時間を過ぎていたので、どうなさっていたのか心配していたんですよ」

女性は微笑みを浮かべながら、真衣を個室へと案内した。

その部屋は八畳ほどで、シャワードレッサーや鏡、それからタオルが敷かれたベッドがあり、まるでエステルームと美容室がひとつになったような部屋だった。

「どうぞおかけください」

真衣は一人掛けのソファーを勧められ、わけがわからないままそこに腰を下ろした。

「本日はようこそお越しくださいました。早速ですが本日のメニューを説明させていただきますね」

革張りの、まるでレストランのメニューのようなものを差し出されて、真衣は慌てて口を開いた。

「ま、待ってください！　私にはなにがなんだか……ここに行くように言われただけで」

女性は真衣の慌てた様子にも動じず、にこやかに頷いた。

「本日は三芳様からご予約を承っております。私どもは渡瀬様にご満足いただけるおもてなしをするようにと言われておりますので」

「つまり、三芳さんがここを？」

「はい。本日はお身体のトリートメントとヘアメイク、それからいくつかお衣装をご準備させていただいております」

やっと自分がここに呼ばれたわけを理解して、真衣は苛立ちを覚えた。

確かに自分は三芳と釣り合うような容姿や服装をしているわけではないけれど、それなら三芳の方がそれなりの店を選んでくれればいい。

こんなことをされたら、遠回しに住む世界が違うと言われているようで悲しくなる。

すぐに断りを入れて、帰らせてもらおう。真衣がそう言いかけたときノックの音がして、目の前の女性と同じような白いブラウスに黒いパンツ姿の女性が数人部屋の中に入ってきた。

「さ、渡瀬様。お時間もありませんからお急ぎください」

「え？　あ、あの……っ」

真衣が口を挟む暇もなく、数人の女性の手によって半ば強引に施術《せじゅつ》を開始されてしまった。

最初はあまりの強引さに腹を立てていた真衣も、彼女たちに不満をぶつけるのはお門違いだと考え直した。

彼女たちも仕事で真衣の世話をしているのだから、文句は三芳に言うべきだ。

それに一度にこんな大勢の女性に、まるでかしずかれるように世話をされるのは悪い気分ではない。

もちろん気後れしてしまう部分もあるけれど、丁寧に肌や髪を手入れされているうちに、気持ちがリラックスしてくる。

気づくとガウン姿で鏡の前に座らされて、メイクをされていた。

毎日の畑仕事で紫外線を浴びて傷んでいた髪も、トリートメントのおかげで艶々と光っている。ラックにかけられたドレスが運ばれてきたときには、三芳に対して腹を立てていた真衣でさえ、気持ちが浮き足立ってきた。

「いくつか試着なさってください」

スタッフに勧められ何着か試着をして、結局光沢を帯びたベージュのカシュクールワンピースに決めた。

ノースリーブのシンプルなデザインで、たっぷりととられたドレープの光沢が、身体を動かすとキラキラして、光の加減でゴールドにも見える。

「少し日に焼けていらっしゃるから、お肌の色にもとても映えますよ」

真衣も鏡に映る自分の姿に、思わず頷く。

髪をルーズ気味にアップにまとめているせいか、それともスタッフのメイクの技術なのか、自分から見ても華やかに見える。

これを見たら三芳はなんと言うだろう。早くこの姿を三芳に見てもらいたいと思っている自分が不思議だった。

ビーズがあしらわれたミントグリーンのクラッチバッグを手渡され、同色系のハイヒールを履くと、まるで自分が別人になった気がする。

「さ、お連れ様がお待ちかねですよ」

促されて個室を出ると、すぐにサロンのソファーに座る三芳の姿が飛び込んできた。

「お待たせいたしました」

顔をあげた三芳の視線が真衣をとらえる。次の瞬間その顔がパッと明るい笑みに包まれたのを見て、真衣の心臓がドキリと跳ねた。

「真衣さん！」

三芳はオフィスで着ているのと同じダーク系のスーツを着ていたけれど、ネクタイの色が違う。

オフィスではネイビーやチャコールグレイといったスーツに馴染んだ色を身につけているのに、今日はまるで真衣のドレスに合わせたような艶のあるゴールドのネクタイを締めている。

真衣は落ち着いた足取りで近づいてくる彼の姿に、鼓動が速くなるのをとめることができなかった。

「真衣さん、とても素敵だよ」

当然のように手を差し伸べられ、真衣は無意識にその手を取った。

「レストランを予約しているんだ。行こうか」

三芳は慣れた手つきで真衣の腰を引き寄せると、店の前に停車していた白い車へと誘導する。

車の前には白い手袋をした運転手が待機していて、真衣たちの姿を見るなり会釈をしてドアを開けてくれた。

「さ、乗って」

「で、でも」

本当は車に乗る前に三芳にどうしてこんなことをするのか聞きたかったが、通りを歩く人たちが立ち止まりながら、真衣たちに好奇の目を向けている。

真衣は自分が場違いのような気がして、恥ずかしさに目を伏せて車に乗り込んだ。

車は中型のセダンタイプで、後から乗り込んできた三芳が黒い革張りのシートに身体を沈めると、それが合図のように車はゆっくりと夜の街へと走り出した。

運転席と後部座席の間には間仕切りがあり、運転手の姿は見えない。昨日の朝、三芳の車に乗せてもらったときよりもさらに閉鎖的な空間は、真衣を萎縮《いしゅく》させた。

「どうしたの？　今日は静かだね」

「……だって、三芳さんが勝手にサロンに予約なんて入れてるから」

真衣は少し膨れて三芳を睨みつけた。

「気に入らなかった？　普段の真衣さんも好きだけど、今日の真衣さんは一段と素敵だよ」

手放しの讃辞に、真衣は一瞬頬を赤らめ目を伏せる。

——どうして私をサロンに行かせたんですか？　普段の私じゃ、一緒に出かけるのが恥ずかしいから？

本当はそう聞きたいのに、真衣の唇は別の動きをした。

「今日は……自分で運転しないんですね」

「うん。真衣さんと食事をするならワインを飲みたいと思ったから、今日は送迎付き。真衣さんも安心して飲んでいいよ」

三芳は冗談めかして笑ったけれど、真衣はその言葉に笑い返す気力がなかった。

案内されたのは小さなフレンチレストランで、三芳が名前を告げるとすぐに個室に案内された。

席に着くまで他のゲストやスタッフと顔を合わせることもなかったから、プライバシーを尊重した隠れ家のような店なのかもしれない。

三芳が席に案内してくれたウエイターに目配せをすると、しばらくしてデキャンタージュされたワインが運ばれてくる。

てっきり食前酒を頼むか、メニューを見てからワインの銘柄を決めると思っていた真衣は、不思議な気持ちでグラスに満たされたワインを見つめた。

「今日は真衣さんにこれを飲んでもらいたくて用意してもらったんだ」

三芳はそう言うと、グラスを目のあたりまで持ち上げて真衣に微笑みかける。

真衣がグラスに口をつけるのを待っているような視線に、慌ててグラスを手に取った。

「……じゃあ、いただきます」

白ワインの明るい黄金色は成長の証《あかし》で、ある程度熟成されたワインのようだ。だとすればデキャンタージュされたのは瓶の中の澱《おり》を取り除くためかもしれないが、やはり銘柄を教えてくれないのはおかしい。

真衣は軽くグラスを揺らして芳香《ほうこう》を確かめると、黄金色の液体をゆっくりと口に含んだ。

「……あ」

口の中に優しい甘みが広がって、鼻腔へと香りが抜けていく。かすかな樽の香りと軽やかな余韻は真衣がよく知っているものだった。

「これ……うちのワインですよね？　しかも最近のものじゃない」

真衣は信じられない気持ちで三芳を見つめた。

「やっぱり自分の家の味はわかるんだね。でもこのワインが造られた頃は、まだ真衣さんは未成年だったと思うけど」

からかうように微笑むと、三芳はソムリエに合図を送る。

「本日のワインはこちらです」

そう言って差し出されたボトルは間違いなく渡瀬ワイナリーのもので、造られたのは二十年近く前だった。

「よく……こんなの手に入りましたね。うちでも熟成タイプは造っているけど、すごく少量で、たぶんカーヴにも残ってないと思いますよ」

「父がね、渡瀬さんのワインが好きで、昔から少しずつ買い集めていたんだ」

「お父様が？」

「ああ。父も昔から国産ワインに興味を持っていて、よく山梨や長野《ながの》のワイナリーを回っていたんだ。普段は父と出かけることなんてほとんどないのに、僕も何度かつれてきてもらったことがある。だから僕もワインに興味があるのかもね」

二十年近く前なら、三芳だってまだ十代の少年だったはずだ。偶然三芳を見かけていた、そんなことがあったのかもしれない。

「お父様とうちに来たことがあるなんて言わなかったじゃない」

「あちこち見に行ったから、よく覚えていなかったんだ。もしかしたら真衣さんと会っていたかもしれないね」

考えていたことを口にされて、真衣は知らずに微笑み返していた。

「貴重なワインをありがとうございます」

古いワインは貴重で、造り手でも一度人手に渡れば二度と味わうことはできない。真衣は三芳の気遣いが嬉しくて、もう一度ワイングラスに口をつけた。

「このワインが造られた頃は、真衣さんはまだ六歳か七歳……小学校一年生ぐらいかな。きっとかわいかったんだろうね」

「そういうタイプじゃなかったです。田舎だから毎日男の子と走り回ってて……あ、よくカーヴに入り込んで父に怒られてました」

三芳が目を細めて、クスクスと笑いを漏らす。

「うん、それもなんだか真衣さんらしくて想像できる。子どもの頃はやんちゃ……ああ、やんちゃは今も変わらないか」

「ひどい！　私のどこがやんちゃなんですか⁉」

「ああ、やんちゃって言うより、頑固かな」

「そ、そんなことないですってば」

前菜から始まった料理はどれも美味しく、三芳は始終真衣を笑わせた。仕事の話をしにきたはずなのに、三芳はそんな素振りも見せない。

ウエイターがデザートのオーダーを取りに来たときには、真衣はもうそんな時間なのかと驚いてしまったほどだ。

楽しい時間はあっという間だとよく言うけれど、今日の時間はその言葉にぴったり当てはまる。

「よろしければデザートはソファー席でいかがですか？」

ウエイターに声をかけられ、真衣は三芳の返事も聞かずに頷いていた。

もう少し三芳と話をしていたいと、真衣にしては珍しく自分の気持ちに素直になっていた。

　案内されたのは照明の暗いバーのような席で、いくつかの間仕切りで仕切られていて、やはりプライバシーが守られるようになっている。

　ソファーはL字型だからゆったりと座れるはずなのに、三芳は真衣を先に座らせると、自分もすぐ隣に腰を下ろす。ソファーが軽く沈み、真衣は驚いて背筋に力を入れた。

「真衣さん、もう少しなにか飲まない？」

「あ、はい」

「アイスワインかシャンパーニュか……カクテルもいいね」

　三芳の勧めに頷いてみたものの、食事の時、白ワインの後に赤のボトルも開けていて、いつもより少し飲み過ぎている気がする。

「さすがにボトルは多いですよ。デザートもいただくし、なにかあまり甘くないカクテルをお願いします」

「じゃあ、僕も同じものを」

　すぐにデザートと、細長いフルート型のシャンパングラスに満たされたオレンジ色の液体が運ばれてくる。

「シャンパン・ア・ロランジェでございます」

「ああ、ミモザか」

三芳はそう言ったけれど、真衣にはなんのことだかわからない。

「これ、なんのカクテルですか？　私、カクテルは詳しくなくて」

「ミモザって知ってる？」

「花の名前ですよね？」

「うん、日本ならアカシアって呼ぶ人が多いかな」

「ああ、それなら」

真衣は頭の中で黄色いフワフワの花を思い浮かべる。

「これはフレッシュオレンジジュースとシャンパーニュで作ったカクテルなんだけど、あの花の色に似てるだろ？　だからミモザって呼ばれてるんだ。さっぱりしているから、食後でも飲みやすいよ」

「へえ」

三芳の説明に興味を覚えた真衣は、すぐにグラスを手にとって口をつけてみた。

「ホントだ。オレンジの酸味が効いて飲みやすい」

思わず三芳に笑顔を向けると、彼はそんな真衣の姿をジッと見つめて満足そうに微笑んでいる。

こんなに間近で見つめられていることに、真衣の心臓が騒ぎ出す。最初はお酒のせいでドキドキしているのだと思ったけれど、これは三芳のせいだ。

「今日は……どうして私をサロンに行かせたんですか？」

真衣は思い切って、ずっと聞きたかったことを口にする。

「どうしてって……真衣さんにご褒美をあげたかったから」

「え？」

「昨日真衣さんの話を聞いて、毎日頑張っている真衣さんにご褒美をあげたいって思ったんだ。たまには誰かが君を甘やかしてもいいだろ？」

「……っ」

――君を甘やかす。その言葉は甘く響いて、まるで愛の告白でもされているような気持ちになる。

「昨日も言ったけど、真衣さんは一人でがんばり過ぎなんだよ。そんなに無理をしなくても、君が一生懸命やっていることはみんな気づいてる。だから今日は僕が君を甘やかすことにしたんだ」

三芳の腕が伸びてきて、優しく真衣の頬を撫でる。

あのカーヴでキスをした時のような優しい仕草に、真衣は自分からその手に頬を押しつけた。

それはまるで自分からキスをして欲しいとねだっているようだ。

「……真衣さん」

どうして自分がそんな気持ちになったのかはわからないけれど、誰かの温もりに包まれたい。

三芳はそんな真衣を、まるで観察でもするようにジッと見つめる。その視線は真衣の気持ちを落ち着かなくさせた。

「あんまり……見ないでください」

「どうして？　今日の真衣さんがとても綺麗だから見ていたいんだ」

気づくと三芳の身体がすぐ側まで近づいていて、真衣が身体を傾ければ、今にもその腕の中に収まってしまいそうだ。

思わず目を伏せようとした真衣の顔を、頬に触れていた手が引き上げる。

「ダメだよ。ちゃんと僕を見て」

「……だっ、て」

声が不自然なぐらい掠れていて、心臓がドキドキと大きな音をたてる。このまま一緒にいたら取り返しのつかないことになるだろう。

「私……そろそろ帰らないと」

「まだだよ」

三芳はそう囁くと、真衣の唇に自分のそれを押しつける。

「ん……っ」

柔らかくて甘い刺激に真衣が身体を震わせると、腰を引き寄せられて口づけが一気に深くなった。

唇を割って舌を差し入れられ、舌と舌を擦りあわされる。背中から痺れが這い上がってきて真衣は浅い呼吸を繰り返しながら、三芳のキスに応じていた。

「は……っん……んん……」

まるで撫でるように舌が這い回り、少しずつ自分の思考が霧に覆われていくような気がする。

三芳とこれ以上親しくなってはいけない。頭の隅ではそう囁く声がするのに、自分を甘やかしたいと言ってくれる三芳の言葉に心が傾いていく。

もうカーヴで交わしたような、忘れてしまえるようなキスではない。身体の奥が熱くなって、その先を意識させるようなキスだった。

三芳は唇だけでなく、真衣の顔を上向かせ、そこら中に唇を押しつけていく。

「……僕たちはそろそろ友達以上の関係に進んでもいいんじゃないかな。少なくとも僕はそう望んでいるよ」

そう囁かれ、真衣は自分がどう答えたのかもよく覚えていない。ただ三芳の腕の中で、自分が溶けてなくなってしまうのではないかと心配だった。

6　甘い夜と、現実と

てっきり実家に住んでいると思った三芳は、都内に一人暮らしの部屋を持っていた。

「実家より一人の方が気楽だからね。まあ、寝に帰るだけの部屋なんだけど」

三芳はそう言いながら真衣を自分のマンションへ案内した。

広いＬＤＫとそれに続く寝室というシンプルな間取りで、確かにあまり人が住んでいるという感じではない。

リビングのテーブルの上に無造作に置かれた新聞とコーヒーカップが、唯一ここに住人がいるのだと知らせている。

なんだか自分が場違いのような気がして立ち止まっていると、後ろから力強い腕に抱きしめられた。

「あ……っ」

剝き出しになった肩に唇を押しつけられて、真衣はその甘美な刺激に肩を小さく揺らす。巻き付けられた腕が優しく身体をまさぐり、真衣はもう逃げられないと感じた。

この気持ちはなんなのだろう。思えば最初から三芳に惹かれていたのかもしれない。でも自分は一瞬で三芳を敵視してしまったし、頑なに彼と親しくしないように意識していた。

首筋に唇を押しつけられて、腋《わき》の下から伸びた手が優しく両胸を覆うように身体を引き寄せ、真衣の華奢な背中が広い胸に押しつけられる。

「……あ、あの……こんなところじゃ……」

「うん。わかってる」

そう言いながら三芳は服の上から真衣の身体を撫で続ける。唇は首筋をゆっくりと這い上がり、柔らかな耳たぶを口に含んだ。

「……ぁあっ……！」

真衣がビクンと身体を震わせると、唇の動きが大胆になり耳の中に舌を差し入れてくる。ぬるりとした刺激に、真衣の身体が小さく震え出した。

「あ……やぁ……っ……」

擽《くすぐ》られているような弱い力なのに、身体から力が抜け落ちそうだ。身を捩って逃げようとしたが、逆に抱きしめる力が強まってしまう。

「や……ダメ……っ」

「なにがダメなの？」

耳の奥まで熱い息が入り込んで頭がクラクラしてくる。

「み、耳……んっ……」

真衣の答えも聞かずに、三芳はわざと水音が聞こえるほど乱暴に耳の中を舐める。

「耳を舐められるのが好き？　あとはどこが好きなのかな」

「ちが……ぅ、イヤ……なの……っ……」

必死に頭を振って逃げようとしたけれど、濡れた舌と唇は執拗に真衣の耳を攻める。耳の裏までねっとりと舐めあげられて、真衣は甘美な刺激に抵抗する気も萎えて、その場にくずおれそうになった。

「ああ、ごめん。ここじゃイヤだったよね」

三芳は喉の奥で笑いを転がしながら腕の力を緩めると、その手を膝裏に差し入れて真衣を軽々と抱き上げてしまった。

「……きゃっ」

小さく悲鳴を上げた真衣は、慌ててその首にしがみつく。

「暴れないでね。真衣さんを落としたくないから」

そう言われて見回すと、想像していたよりも床が遠い。怖くなった真衣は無意識に三芳の首に回した手の力を強くした。

耳元で三芳がクスリと笑った気がしたけれど、暴れて落とされたら困ると思うと怒る気にもなれない。

ベッドの上にソッと下ろされたときにはホッとして、思わずため息を漏らしてしまった。

「僕が真衣さんを落とすわけないだろ。それに前にも倒れた真衣さんを運んだことがあるし」

ネクタイを緩めながら微笑む三芳に、真衣は初めて会ったとき、彼の前で倒れてしまったことを思い出した。

「あ、あれは……三芳さんが話しかけてきたから休憩するタイミングを逃しちゃって……」

「僕のせい？」

ワイシャツのボタンを外しながらベッドに上がってきた三芳は、からかうように真衣の髪に触れた。アップにしていた髪がほどけて、真衣の肩にふりかかる。

「髪を下ろした真衣さんも素敵だよ。向こうではポニーテールだし、オフィスでもいつもまとめているけど、この方が好きだな」

――好き。その言葉に真衣の鼓動が速くなった。

ただ髪型が好きだと言われただけなのに、彼の言葉に敏感に反応してしまう自分が憎らしい。

真衣は赤くなっていく頬を見られたくなくて、わざと乱暴に頭を振った。

「し、仕事をするのには邪魔だもの」

本当は褒められて嬉しいのに、どうしても素直になれない。

「じゃあ僕と二人の時はこうしていて」

「……ん」

身を屈めて再びキスをされ、真衣はそれ以上なにも言えなくなった。

三芳の腕が背中に回り、ワンピースのファスナーが引き下ろされる音がしたけれど、真衣は抵抗しなかった。それよりも早く三芳に抱きしめられたい。

男の人と抱き合って、こんなふうに気持ちが急《せ》くのは初めてだ。

背中のあわせから三芳の長い指が滑り込み、焦らすように背中を撫でる。

「んふ……っ」

温かな指の感触に思わず声が漏れそうになったけれど、キスで塞がれた唇はくぐもったような音しか発することができなかった。

長い指がブラの下に潜り込み、真衣の身体が期待に震える。次の瞬間期待通り胸を押さえつけていた力が緩み、真衣の気持ちも解き放たれたような気がした。

ブラと一緒にワンピースごと身体から引き抜かれ、真衣はショーツ姿のままベッドの上に押し倒される。

長い髪がふわりとシーツに広がり、顔の周りを縁取る。三芳は一瞬動きを止めてその様子を見つめた後、すでに脱げかけていたワイシャツを投げ捨てて、真衣の上に覆い被さった。

「今夜はたっぷり真衣さんを甘やかすつもりだから覚悟して。君のすべてにキスをしたいんだ」

甘い囁きとキスに、真衣は三芳とこういう関係になってしまうことへの不安を胸の隅に押しやった。

今は……彼に甘やかされてみたい。

真衣の唇を貪っていた唇がゆっくりと首筋から鎖骨へと降りてくる。大きな手ですくい上げられた柔らかな丸みにたどり着くと、当然のようにその尖端を口に含み、舌先ですでに硬くなった頂を転がし始めた。

その刺激は信じられないぐらいの速さで真衣の身体へと広がっていく。

「あっ……ン」

小さく声をあげると、舌の動きが激しくなる。強く吸ったり、軽く歯を立てたり、それはわざと真衣に声を上げさせようとしているようだった。

「……んぁ……んんっ」

赤く腫れたように膨らんだ頂の周りを舌先でくるりとなぞると、三芳は飽きもせずもう一方にも同じことを繰り返す。すでに唾液で濡れた一方の頂にも指が這わされ、痛いぐらい強く擦りあげられる。

「や……あっ……あぁ……っ」

甘い痺れのような愉悦に、腰が勝手に淫らな動きをして誘うように揺れてしまう。

三芳に触れられている。それだけでも身体の奥が燃えるように熱いのに、彼は胸だけでなく真衣の引き締まったウエストやお腹の丸みにも同じようにキスを落とし始めた。

「やぁ……っ……」

くすぐったさに思わず身を捩ると、力強い腕が真衣の腰を引き寄せる。

「おとなしくして。まだ全部にキスしてない」

「あっ……！」

もう一方の手でショーツを引き下ろされ、真衣は恥ずかしさに足を閉じようとする。しかし三芳の動きの方が一歩早く、真衣の腰を引き寄せて足を大きく開かせてしまった。

「や……恥ずかしい、から……」

自分でもわかるぐらいぬるついたその場所を、三芳に見られたくない。思わず頬を赤らめると、三芳が膝頭に唇を押しつける。

「今日は全部にキスをするって約束だ」

そう言うと内股にも唇を押しつけ、その場所を痕がつくぐらい強く吸い上げる。

「ひぁ……っ」

ゾクリとした刺激が走り、真衣の唇からおかしな声が漏れた。

自分はそんな約束に同意していない。そう言いたいのに、三芳の愛撫は心地よく真衣の身体を包み、なにも考えられなくさせてしまう。

三芳は快感に溺れ始めた真衣の足をさらに大きく開かせると、濡れた花びらに指を這わせる。

クチュッと耳を塞ぎたくなるような恥ずかしい水音がして、真衣は羞恥に身体を震わせた。

「あ……ぁあ……」

「ああ、ここもカワイイ」

「……っ！」

どうして顔色ひとつ変えずにそんな恥ずかしいことを口にできるのだろう。真衣の身体がピンクに染まっていくにつれて、三芳の声が甘くなっていく気がする。

恥ずかしいのに身体の奥からはとろりとした蜜が溢れ出し、三芳の長い指先を濡らしていく。

敏感になった花弁に熱い吐息を感じて、真衣はその場から逃げ出したくなった。

「そ、そんなとこ……」

「ダメだよ。今日は君を甘やかすって言っただろ？」

シーツを蹴ろうとした真衣の足首を押さえつけると、三芳は甘い蜜を溢れさせる花びらに顔を埋めてしまった。

「ああ……っ、は……んんっ」

溢れ出た蜜を舐めとるように舌が動き、花びらの一枚一枚をしゃぶるように口の中に含まれる。

「や、やっ……ダメ……ぁあっ」

今までに感じたことのない熱が奥底からせり上がってきて、身体がバラバラになってしまいそうな気がする。

「ほら、どんどん溢れてくるよ」

長い指が蜜口に差し込まれ、中の蜜をかきだすように乱暴に動く。敏感な内壁が擦られ、真衣は堪えきれない愉悦に喘ぎ声を上げるしかない。

「ひ……あ……ぁあ……ン……っ」

「感じやすくて、素直な身体だね」

揶揄をされているのか、それとも褒められているのかわからないけれど、その声は楽しげだ。

指を押し込まれたまま、舌が花びらを辿る。

「あ……やぁっ、そこ、は……っ！」

敏感な粒に舌先が触れ、強い刺激に腰が大きく跳ねる。

「ここが好き?」

「ダメ……ぇ……あっ……あぁあっ」

舌先でグリグリと花芯を押しつぶされ、真衣は悲鳴を上げた。

下肢からあらがいきれない疼きが這い上がってきて、全身がドクドクと脈打つ。

「あ、や……やめ……っ……」

三芳の薄く繊細な唇が、ぷっくりと硬く膨らんだ粒を挟み、強く吸い上げた。とたんに真衣の足がつま先までピンと伸びて、腰ががくがくと痙攣《けいれん》し始める。

「ひぁああっ……ぁあ……はぁ……っんんっ!!」

まるで高いところから突き落とされて落ちていくような感覚に、一瞬目の前が真っ暗になった。

身体が弛緩して、すべての力が抜け落ちてしまったようだ。

「ん……んん……」

意識が遠のくような感覚に、真衣は子どもがむずかるように小さく頭を振った。浅い呼吸を繰り返しながら酸素を取り込もうとしているのに、三芳が強引にその唇を塞ぐ。

「……んっんんっ」

すぐに舌が入ってきて、真衣の小さな舌に擦り付けられる。

「ん……はぁ……んぅ……」

達したばかりで敏感になった身体は刺激に従順で、キスだけでも小刻みに震えてしまう。

いつから、自分は彼のことをこんなに欲しいと思うようになったのだろう。

気づくと三芳は裸になっていて、太股やお腹に彼の雄の証が擦り付けられ、真衣の身体はその熱にさえも反応してしまう。

「ぁ……ん、は……あぁ……っ」

信じられないぐらい甘い、誘うような喘ぎ声が唇から漏れ、真衣は自分から三芳の首に腕を巻き付けていた。

「……真衣」

名前を呼ばれただけで、身体が蕩けてしまいそうな気がした。

「……はぁ……して、もっ、と……奥まで、してほし……い……」

掠れた声で呟くと、耳元で三芳が小さく息をのむ気配がする。自分から男の人を誘うなんて羞恥心が刺激されるけれど、今はそれよりも三芳と深く交わりたい。

「真衣からお願いしてくれるなんて初めてだね」

どうしてそんなに嬉しそうなのだろう。真衣がうっすらと目を開けてその顔を確かめようとすると、両足を大きく抱え上げられる。

「あ……っ」

お腹に押しつけるように腰を折り曲げられ、その圧迫感からか花びらから新たな蜜が溢れ、肌を滑り落ちていく。

三芳はその花びらを解《ほぐ》すように硬くなった自身を優しく擦り付ける。蜜で滑りのよくなった花びらの上を灼熱の固まりが何度も往復し、敏感な粒をも掠めていく。

「あっ……はぁ、やぁ……ン」

身体の奥がキュウキュウと締め付けられて、痛いぐらいだ。早く、もっと奥まで感じたいのに。

真衣が涙目で喘ぎ声を上げているのに、三芳はその姿を嬉しそうに見下ろしている。

「ねえ、真衣はなにが欲しいんだっけ」

「……ええ?」

「もう一度、真衣の欲しいものを教えて?」

「……っ」

三芳は息をのむ真衣を見つめて、動きを止めた。

真衣におねだりをさせたいのだ。でもすでに十分羞恥心を煽られているのに、期待されながらそんなことを口にすることなんてできない。

真衣は小さく唇を噛み、頬を膨らませて三芳を睨みつける。

「そんなに潤んだ目で睨まれても、全然怖くないよ」

「……イジワル」

「そう、僕は真衣にはイジワルをしたくなるんだ。真衣は特別だよ」

甘く誘うような微笑みに、意地を張っていることがバカらしくなってくる。

この人は穏やかな顔をしているけれど、本当はマイペースでなんでもその笑顔で自分の思い通りにしてしまう。

「……して」

「なに？」

「私を……三芳さんでいっぱいにして」

恥ずかしさのあまり声が掠れて、三芳に聞こえたかもわからない。でも彼は満面の笑みで真衣の希望に応えてくれた。

「……はぁ……んぁ……っ」

すっかり蜜に馴染んだ雄芯は、易々《やすやす》と真衣の花弁の奥へと突き立てられる。

三芳の熱は大きくて、うねる内壁を擦りながら真衣の中心へと進む。身体中が歓喜に沸き立つような愉悦に、真衣は顎をあげ首を仰け反らせた。

「……や……もぉ……っ」

すぐに達してしまいそうな甘美な刺激に、真衣は頭の中が真っ白になった。

三芳の雄の証はぴったりと真衣の中に収まり、まるで最初からひとつになるように作られたようだ。

硬い雄芯は真衣の中でドクドクと脈打っている。もうずっとこうしていたい。そう思った瞬間、硬い熱が引き抜かれ、真衣の肌をゾッとするような快感が走り抜けた。

「ひぁぁ……っ、ああっ」

急に空っぽにされた身体は、刺激を求めて情けなく震える。そう感じた次の瞬間には、再び雄芯は濡れた蜜壷の入り口を擦りながら真衣の中へと押し戻された。

「あ……はぁ……ぅん」

真衣の感じやすい場所を探しているのか、三芳は何度も浅く、深くと角度を変えて抜き挿しを繰り返す。

「あぁっ……ぁあっ！」

片足を抱え直され腰を捻るような体勢で貫かれた瞬間、真衣は我を忘れて一際高い悲鳴を上げた。

「ああ、ここが真衣の感じやすい場所？」

三芳は嬉しそうに呟くと、真衣の身体を折り畳むようにして腰を押しつけて、その場所を押し回し始めた。

「あ……や……やぁっ、そこ……ぁあ……」

ゴリゴリと身体の奥に雄芯が当たる感触に、目の前に火花が散る。腰を大きく回されるせいで、敏感な花弁まで押し広げられ、真衣はただ喘ぐことしかできなくなっていた。

普段は貴公子か上品なお坊ちゃまの顔をした彼が、豹変《ひょうへん》したかのように激しく自分を求めている。

そう考えただけで、さらに身体が敏感になってしまうような気がした。

「真衣……」

そう名前を囁いた三芳の声もいつもより掠れ、息遣いが荒い。

三芳の律動が激しくなり、お互いの欲望が擦れあう淫らな水音が大きくなった。

「あっ、ああっ……も……ダメ、ダメ……なの……ぉ」

火傷しそうなほど熱を持った内壁が痙攣を始め、真衣は身体の奥からわき上がる波に飲み込まれそうになる。

「あっ……あ……はぁっ、ぁああっ!!」

真衣が身体をひきつらせて悲鳴を上げた瞬間、広い胸の中に抱き寄せられる。深いところで繋がりあった身体はビクビクと震えて、もうそれは自分なのか、それとも彼なのかもわからなくなった。


目を覚ましたとき、真衣は一瞬あの出来事は夢だったのではないかと不安になった。でもすぐに三芳の端整な寝顔を見つけて、ホッと胸を撫で下ろす。

三芳の腕はしっかりと真衣の身体に巻き付いていて、まるで真衣が逃げ出すとでも思っているようだ。

枕元の時計はすでに電車が走り出している時間を示している。今日も本社に出社してからワイナリーに戻るつもりだったから、着替えが必要だ。

そう考えていると、腕の中でモゾモゾと動く真衣に気づいたのか、三芳がうっすらと眠たげな瞼を上げた。

「……真衣さん、おはよう」

昨日は呼び捨てにされたのに、今朝はいつも通りの彼に戻っている。

「あ、起こしちゃってごめんなさい」

「かまわないよ」

三芳は小さく笑みを浮かべると、真衣の額に唇を押しつける。

「あのね、私着替えを取りに帰らないと」

「……昨日の服じゃマズイの？」

「ダメ。新規事業部は私服だから、昨日と同じ格好をしてたら朝帰りだってバレバレだもの」

真衣がシーツで身体を覆いながら起きあがると、三芳も同じようにベッドの上に身体を起こす。

「じゃあ、マンションまで送ろう。それから一緒に会社に行けばいい」

「だ、大丈夫。もう電車も動いているし、一人でも」

「どうして？　そうすればもう少し一緒にいられるし、朝食も一緒にとれるよ」

昨夜と変わらぬ甘い言葉に、気持ちが揺らぎそうになる。

でも朝から二人でいるところを誰かに見られたら、せっかく着替えに戻っても二人が一晩一緒にいたことを勘ぐられてしまう。

それに昨夜あんなことをしたのに、向かい合って朝食をとるなんて恥ずかしい気もした。

「……今日はワイナリーに戻る日だし、昨日はここに泊まっちゃったから荷物もまとめてないし」

真衣のもっともらしいいいわけに納得したのか、三芳は渋々頷いた。

「じゃあランチを一緒にとろう。いいね？」

これ以上は譲歩しないという顔の三芳に、真衣もその条件を飲むしかなかった。

ベッドを抜け出し、昨日サロンのスタッフが包んでくれた自分の服を身につける。三芳はベッドの中で片肘をつきながら、その様子をずっと眺めていた。

「次に東京に戻るときは、最初からここに泊まればいい」

不満そうにそんなことを口にしていたけれど、真衣は取り合わないことにする。

三芳がそんなふうに子どもが駄々をこねるようなことを言い出すのは初めてで、これが笠原の言っていたワガママなのかもしれないと思った。

でもこんなワガママならいっそ愛しいと思える。そこまで考えて、真衣は三芳に愛情を感じている自分に驚いた。

いつの間にかこんなに三芳を好きになっている。悪いことをしているような後ろめたさを感じて、真衣は乱れた髪を乱暴にひとつにまとめた。

「じゃあ……帰ります」

三芳にこの心の変化を気づかれたくなくて、真衣は逃げるように別れの言葉を口にした。

「待って」

引き留める声に、真衣の胸がきゅんと締め付けられる。

振り返ると三芳が手招きをしていて、真衣は引き寄せられるようにベッドサイドに近づいた。

手が届く距離に真衣が近づいたとたん、三芳が乱暴に真衣の腕を引き寄せ、あらがう間もなくその唇を奪う。

「んっ」

驚いて目を見開く真衣に、三芳はいたずらっ子のような目を煌《きら》めかせて微笑む。

「ランチの約束を忘れないで」

そう囁かれて、真衣は真っ赤になって頷いた。

ここ数日、まるでジェットコースターにでも乗っているかのように気持ちが落ち着かない。

一昨日は三芳の前で泣いてしまい、昨日の夜は彼に抱かれてしまった。

今までに恋もしたし、人を好きになったこともある。それなのに、三芳に対する自分の気持ちはそのどれとも違う気がする。

彼に見つめられると嬉しいのに、同時に胸の奥がざわざわと騒いで不安になるのだ。

マンションで荷物をまとめて着替えを済ませたけれど、その気持ちは一向に落ち着かなかった。

オフィスに着いて上司や同僚と挨拶を交わしていても、もしかしたら誰かが昨日のことを知っているのではないかと不安になり、仕事に集中できない。

ランチタイムが近づくにつれて、自分はなんて大それたことをしてしまったのだろうと後悔の気持ちでいっぱいになった。

三芳は自分の会社の社長で、もうすぐ実家のワイナリーと提携を結ぶ大切な仕事相手なのに。どうして一緒にランチをとるなんて約束をしてしまったんだろう。

いっそ打ち合わせがあるといいわけをして、会社を抜け出してしまおうか。真衣がそんなよからぬことを考えているのを知っていたかのように、オフィスに笠原が姿を見せた。

「渡瀬さん、もう出られますか?」

「え……あ、はい」

思わずそう返事をしてから、笠原が三芳の命令で自分を迎えにきたのだと気づく。答える前に気づけば、笠原に伝言を頼むことができたのに。

「では、ご案内します」

にっこりと微笑まれて、真衣は逃げ道を失ってしまった。

笠原は会社の外に待たせていたタクシーに真衣を乗せると、自分も続いて乗り込んでくる。

「本日は私もご一緒させていただきますので」

その言葉に、真衣は三芳と二人きりにならなくていいことにホッとして、それから少しだけがっかりした。

「昨晩は楽しまれましたか?」

「えっ!?」

楽しんだという言葉に、一瞬昨晩のベッドでの出来事を思い出し、真衣はシートの上で飛びあがりそうになった。

「昨日のサロンは、私が社長にお勧めしたんです。突然渡瀬さんになにかご褒美をあげたいとおっしゃって」

笠原はなにかを思い出したようにクスクスと笑いを漏らす。

「お見受けしたところ渡瀬さんは、突然アクセサリーを贈られて喜ぶタイプではない気がしたので、それならマッサージやエステなどはいかがですかと申し上げたんです」

「はあ」

確かに突然三芳からアクセサリーを贈られても、普段の真衣なら絶対に受け取らないだろう。そもそも彼にアクセサリーを贈られるような間柄ではない。

「今朝の社長は大変ご機嫌がよろしかったので、うまくいったのだろうとは思っていたんですが……今日の渡瀬さんを見てホッとしましたわ」

「え？　どうして、ですか？」

三芳と朝まで抱き合っていた痕跡が残っているのだろうか。

「お肌もつるつるで、お顔の色がいいですもの。今度は私もご一緒したいです」

ふふふっ、と笑う笠原に悪意は感じない。

真衣はほっと胸を撫で下ろしながら、三芳と関係を持ち続けていたら、こんな不安に何度も遭遇してしまうのだと思った。

昨夜は隠れ家的なフレンチレストランだったけれど、笠原に案内されたのは料亭だった。

もちろん個室が予約されていて、仲居に案内された部屋には、すでに三芳が座っていた。

「……お待たせしました」

小さく頭を下げて、笠原に誘導された座布団の上に腰を下ろす。

和室は八畳ほどのこぢんまりした空間で、わざと上座を外した席が作られている。

笠原は真衣が座ったのを見届けてから、三芳の隣の空いた席に腰を下ろした。

「真衣さん、ここは手鞠寿司《てまりずし》がおすすめなんだ。生ものは平気だよね？」

真衣が頷こうとした瞬間、笠原が抗議の声を上げた。

「社長、確認されてなかったんですか？　和食に生ものはつきものですよ」

「忘れていたんだから仕方ないだろう。それに昨日も特に好き嫌いがなかったみたいだし」

「もし取引先の方に失礼があったらどうするんです。渡瀬さん、嫌いなものがあったらおっしゃってくださいね。社長はこういう方ですから」

笠原の勢いに押された三芳が、真衣に向かって肩を竦めて見せた。

「好き嫌いは特にないです。生ものも大好きですし」

「ほら、僕の思った通りだろ？」

「たまたまじゃないですか。ご自分の手柄のようにおっしゃらないでください」

言葉は丁寧だけれど、内容は手厳しい。他人事《ひとごと》ながら大丈夫なのかと心配してしまうのに、三芳は動じた様子もない。

三芳にとって、笠原はそれを許せるだけの存在なのだと見せつけられている気がした。

自分は三芳とこんなふうに気の置けない会話はできない。真衣はふとそう感じた。

運ばれてきた料理は先付けから始まる昼懐石で、普段の真衣なら見た目の美しさや珍しさに声を上げていたはずだが、その日はろくに料理を味わう余裕がなかった。

先ほどまで笠原が一緒でよかったと思っていたのに、今は二人で食事がしたかったと三芳への恨みすら募ってくる。

水菓子とお茶を運んだ仲居が出て行くと、笠原が鞄の中からA４サイズの封筒を取り出した。

「社長、あまりお時間がありませんから」

「ああ、そうだったね」

三芳は封筒から書類を二通取り出すと、一通を真衣に手渡してくる。

「これは……」

「契約書ができてきたから目を通して欲しいんだ。僕としてはパワーランチは好みじゃないんだけど」

「社長がなかなかお話を進めてくださらないからこうなるんです。渡瀬さん、お食事が終わったばかりなのに申し訳ありません。私は昨日のうちに手渡していただきたいとお願いしたんですが、社長はすっかりお忘れだったようですので」

笠原は辛辣な口調で三芳を睨んでから、澄ました顔でお茶に口をつける。

そういえば自分も、昨日は仕事の話などすっかり忘れてしまっていたから、笠原に怒られても仕方がない。

「それは仮の契約書だから、家族の方と内容を検討してからサインをしてくれればいい。本契約は最初のワインが醸造されてから交わそうと考えているから」

三芳と親密な関係になったことで、まるで恋愛対象のように彼を見てしまっていた真衣は、契約書を渡されて頭を強く殴られたような衝撃を受けた。

三芳は元々仕事の話をするために自分を誘ったのだ。わかっていたはずなのに、なぜかショックを受けている自分がいる。

「なにか契約に付け加えたい条件などがあったら遠慮なく言って。そちらの意向に沿うように検討させてもらうよ」

真衣は冷静さを装って、手渡された書類を開いた。

年間醸造本数や生産対象となる畑のヘクタール数など、年間計画まで事細かに記載されている。

どれも渡瀬ワイナリーにとっては大切な数字で、新規事業部での上っ面だけの綺麗な部分だけを見ていた真衣は、自分の甘さを痛感させられた気分だ。

とりあえず持ち帰ってワイナリーを取り仕切ってくれている小牧や母に相談しなくてはならない。それから、もっときちんと契約について勉強しないと。

いつの間にか三芳に頼りきりの自分が恥ずかしくて、真衣は契約書を握りしめたまま俯いた。

「真衣さん、どうしたの？　元気がないけど」

「……」

心配そうな三芳の声に顔を上げたけれど、やはり言葉が出てこない。

「笠原、先に戻ってくれ。僕たちは後から戻る」

三芳は真衣を見つめたままそう口にした。

「かしこまりました」

そう一言答えて部屋を出ていく笠原の姿を、真衣はぼんやりとした頭で見送った。だから、いつの間にか三芳が真衣の側まで来ていたことに気づかなかった。

「真衣」

間近で囁かれ、真衣はギョッとして座布団の上で飛び上がった。

「な、なんですか……」

慌てて三芳から離れるために座布団を滑り降りようとして、手首を捕られた。

「さっきから機嫌が悪い」

三芳は摑んでいた手首を引き寄せると、真衣を胸の中に抱き寄せた。

仕立てのいいスーツに頰を押しつけられて、男性的なコロンの香りが忍び込んでくる。

こうしていると、今朝までベッドの中で抱き合っていたことを思い出して、身体が勝手に熱くなってくるのに。

「どうしたの？　もしかして僕からランチに誘ったのに、二人きりじゃなかったから怒ってるの？」

「ち、違います……っ」

半分は図星で、真衣は三芳の胸から顔を上げた。

「じゃあ、機嫌を直して」

「え……っ」

ささくれ立った気持ちを撫でるように、柔らかな唇が真衣のそれを塞ぐ。

たった一晩で馴染んでしまった三芳のキスはすぐに深くなり、一瞬だけ身体を硬くした真衣の中に染み込んでいった。

「ん……んぅ……」

舌を擦り合わされ、三芳に教え込まれたばかりの愉悦が背筋を這い上がってくる。

「真衣……」

唇の上で、三芳が呟く。

「今夜も……うちにおいで。実家には明日の朝帰ればいい」

三芳の長い指が真衣の髪に差し入れられ、せっかくまとめていた髪を乱していく。やがてパチンとバレッタのはずれる音がして、真衣の髪が三芳の手の中にこぼれ落ちた。

「や……ダメ……っ」

我に返った真衣は、身体を起こしてその胸を押し返す。

「もう……こんなことしないで」

「真衣……？」

俯いて小さく首を横に振る真衣を、三芳が不思議そうに見つめる。

「み、三芳さんとはもうキスもしないし、昨日みたいなことはしたくないって言ってるの」

真衣は早口でそうまくし立てて、広がってしまった髪に手をやった。

バレッタはどこだろう。早く髪をまとめてこの部屋を出ていきたい。真衣が畳の上に目を走らせたときだった。

「あっ」

三芳の腕が乱暴に真衣の手首を摑み、そのまま強引に畳の上に押し倒した。

7　嫉妬と再会

「あ……っ」

突然視界が揺らいで、気づくと真衣の上にのしかかる三芳を見上げる格好になっていた。

「や、やめてください……っ」

両腕を畳に押しつけられて、身動きができない。できることと言えば三芳を睨みつける瞳に欲望を浮かべないことぐらいだった。

「今朝はあんなにかわいかったのに、今日はまた出会った頃の君に戻ってるね。どうして？」

「べ、別に……理由なんて。ただ、やっぱり社長とこんなことをしてはいけないと思ったからです」

珍しく尖った三芳の視線が痛くて、真衣は顔を横に向けた。

「ふーん」

三芳らしくない剣呑な声音が真衣の恐怖心を煽る。

「じゃあ、昨日のことを思い出させてあげる」

「え……ひぁ……っ」

剝き出しになっていた真衣の耳に口づけられ、耳の奥に舌を差し入れられる。

「あ……っ、やぁ……」

「真衣、昨日はここを舐められたらすごく喜んでた」

「や……やめ、て……ぇ……んんっ」

クチュクチュと嫌らしい水音がして、すべてを舐め尽くされてしまいそうだ。下肢にきゅんとした甘い痺れが走って、身体が勝手に三芳の愛撫に反応してしまう。

今ならまだ逃げ出せる。頭ではそう考えているのに、身体からは力が抜けて麻痺してしまったかのように動かない。

「それから、ここも」

舌は耳を愛撫しながら、ブラウスの上から片手で胸の膨らみに触れた。最初は優しく、そして強く揉みしだかれ、ほんの数時間前同じように愛撫されていた身体が疼き出す。

ブラの下では意思に反して尖端が硬くなり、三芳が手を動かすたびにその場所が布地と擦れあうのがわかる。

まう。

これ以上触れられたら、三芳の愛撫に身体が反応してしまっていることに気づかれてし
もうこれ以上彼と深い関係になりたくないのに、それでも真衣は身体が震えてしまうのをとめることはできなかった。

「あ……っ！」

指先がせり上がった尖端に触れ、その場所を執拗に擦る。

「んんっ……もぉ……やめ……ひぁン！」

胸の上をなぞっていた指が、服の上から硬くなった尖端をつまみ上げた。

「やぁっ」

「ほら、もう硬くなってるよ。本当はやめて欲しくないいんだろ？」

「ちが……ちがぅ……の……」

服の上から硬くなった頂をクニクニと押しつぶされて、いっそもどかしい。それにベッドの中でも優しかった三芳がこんな乱暴なことをするなんて信じられない。

でもそれは怖いと言うより、彼の別の一面を見せられた気がして、こんな時でなければ新鮮な驚きを感じていたはずだ。

いつ誰が入ってくるかわからない料亭の座敷でこんなことをさせてはいけない。わずか

に残った真衣の理性がそう呼びかけてくる。

そのとき、座敷のどこかで携帯電話の音が鳴り響いた。その音に反応したのか、一瞬だけ三芳の力が緩み、真衣はとっさに自由にされた手で三芳の身体を押しのけた。

「あ……っ！」

突然のことに三芳がよろけて、畳に尻餅《しりもち》をつく。真衣はその隙に鞄を掴むと座敷を飛び出していた。


三芳と料亭で別れてから一週間後。作業用の麦わら帽子を目深にかぶった真衣は、黙々と収穫作業を続けていた。

あの日オフィスに戻った真衣は、上司に急用ができたと告げて、逃げるように実家に戻っていた。

あの日から、三芳とは一度も顔も合わせていないし、連絡も取っていない。

元々ワイナリーの収穫作業が本格化することから、真衣はしばらく出社しない予定になっていたことも関係していた。

もしかしたら、また週末に三芳が顔を出すのではないかと心の隅で期待していたけれど、彼が姿を見せることはなかった。

真衣は、それが三芳の返事なのだと自分に言い聞かせる。

あんな誰が入ってくるかわからない場所で身体を奪おうとしたのは、彼にとって自分がそれだけの人間だったということだ。

最初から契約に難色を示していた真衣を懐柔しようとして優しくしたり、ベッドに……誘ったのだろう。

それなのに自分は三芳が自分に好意を持ってくれていると思いこみ、一人で浮かれていた。その結果がこれだ。

「バカみたい……」

真衣は収穫した果房の中から傷んだものだけ丁寧に鋏で切り落とすと、まるで壊れものでも扱うように、果房を優しくコンテナの中に入れた。

両手で抱えられるほどの大きさのコンテナは、すでに収穫したブドウでいっぱいになっている。

真衣が収穫しているのは早摘みの白ブドウで、糖度も高いので爽やかな味わいの新酒が造れるだろうという小牧のお墨付きだ。

春からずっとブドウ造りに携わってきた真衣には、いつもの収穫作業よりも、感慨深いものがある。まるでかわいい我が子のようで、ひとつひとつを乱暴に扱うことなど決してできない。

父は収穫作業のたびに、こんな気持ちを味わっていたのだろうか。

真衣は再びブドウの木に手をかけ、次の房に手を伸ばした。

「真衣、そっちのコンテナ運べるか?」

緑の壁の向こうから陸斗の声がして、しばらくするとブドウの間を回って本人が姿を見せる。

陸斗は収穫作業の手伝いに来ていて、真衣とは違うエリアで作業をしていたはずだった。いつもなら近くでおしゃべりをしながら作業をすることも多かったけれど、今の真衣はできれば畑に出ているときぐらいは一人でいたかった。

「あ、ちょうどよかったわ。今、トラックに運ぼうと思ってたの」

「いいよ。俺が運ぶ」

そう言うと、ブドウでいっぱいになったコンテナを軽々と持ち上げた。黒いTシャツから筋肉質な腕が覗き、力を入れると大きく隆起《りゅうき》する。

「私も行く」

続きの作業をするなら新しいコンテナが必要だ。

真衣はイス代わりにしていたコンテナから立ち上がると、陸斗の後に続いた。

「よいしょっ」

トラックの荷台にコンテナを置き、首にかけたタオルで汗を拭きながら陸斗が振り返る。

「ちょっと休憩しないか？　おまえずっと作業しっぱなしだろ。また倒れるぞ」

陸斗は真衣の返事も待たず、クーラーボックスからスポーツ飲料を取り出すと、真衣に手渡した。

「ありがと」

真衣は冷たいペットボトルに口をつけながら、畑の方を振り返った。

車が停まっているのは畑より少し高い道路だったので、少し黄色くなり始めた木々の間から、数人の作業する人の姿が見える。

以前からの従業員や、三芳の元から派遣された人たちだ。

「みんな、休憩とってるかな」

八月の終わりの日差しは殺人的で、作業をしていると熱気で息苦しくなるほどだ。体調のことを考えてこまめに休憩を入れるようにと言ってあるが、みんな黙々と作業を続けている。

「みんなさっきオヤジが声かけて休憩してた。おまえ、聞こえてなかっただろ」

「え？」

「ったく……ぼーっとしすぎ！　そんなんじゃ怪我すんぞ」

なぜか陸斗は苛立っているように見える。

「なによ、そんな言い方しなくてもいいじゃない」

真衣はペットボトルを一気に呷ると、陸斗から顔を背けた。

そう言ってみたものの、気持ちの整理がついていないせいか、自分でもぼんやり考え込んでいる時間が増えたと自覚している。

久子や真一、小牧にはすでに契約について確認をしてもらい、農協関連の弁護士にもチェックしてもらった。あとは真衣が三芳と連絡を取れば、契約が完了する。

契約書に一度サインをしてしまえば、これから三芳との長い付き合いが始まるわけで、そのとき自分は何事もなかったかのように彼と接することができるだろうか。

だからといって、契約をしないという選択肢はない。すでに栄藤技研の支払いは三芳のおかげで終わっているし、なにより家族や従業員のことを考えればこれ以上の好条件はないのだ。

「おまえさ……あの若社長となんかあった？」

突然そう尋ねられ、真衣は目を見開いた。

「え……な、なに言ってんのよ……」

「おまえ先週東京から戻ってから、ずっと様子がおかしいぞ。オヤジが契約のことは順調に進んでるって言ってたし、だったら男しかねーだろ」

「……」

陸斗に三芳との一夜を知られてしまったような気がして、真衣は頬を赤らめて目をそらした。

でもそれは、三芳となにかあったのだと肯定しているようなものだった。

「なんでもないってば！　また変な噂流さないでよね」

真衣は陸斗の顔を見ずにそう言い捨てると、空のコンテナを手にとってブドウ畑へと足を向けた。

幸い陸斗はそのあとは食い下がるようなことはなかったけれど、そんなにあからさまにわかるほどいつもと違うのだろうか。

だとしたら気持ちを引き締めて、余計なことなど考えてはいけない。明日からは早摘みブドウの醸造が始まるし、今年は真衣も立ち会うつもりだった。

小牧が、自分も若くないから真衣や真一といった後進に少しでも技術を伝えておきたいと申し出たのだ。

子どもの頃は醸造所に入ることなど許されていなかった。それでも仕込みが始まると家の中までブドウの甘い香りが漂ってきて、真衣も真一もこっそりと覗きに行ったものだ。

ワインは、ブドウの品種やなにを目的に醸造するかによって、造り方が大きく違う。例えば、今真衣たちが収穫しているのは白ブドウで、皮や果肉の色が薄い。主に白ワインに向いているのだが、それもどんな仕上がりを目的にしているかで違うのだ。

例年早摘みブドウはさっぱりした仕上がりを目指した工程をたどる。

洗浄したブドウを除梗機《じょこうき》にかけて茎などを取り除いた後、圧搾機《あっさくき》で果汁だけを搾り取る。

それから酵母などを加えて、タンクの中で発酵させ、瓶に詰めるものと、樽に移して熟成させるものとに分ける。

　大量生産のものは樽で熟成させる時間を省くために、オークチップを漬け込み香りをつける場合もあるそうだが、真衣の父は口にしたときの樽の香り、仄《ほの》かなオーク臭にこだわりを持っていた。

　あの太鼓のような形の樽は、日本では作る職人がいないそうで、海外の契約している会社から都度必要な分だけ取り寄せをしなければならない。

　そのあたりの詳しい知識も、小牧がひとつひとつ教えてくれた。

　醸造初日、あらかじめ久子から渡された白い作業着を着て、帽子がかぶりやすいようにと髪をお団子にまとめてから階下に降りた。

　その日は真衣にとっても特別な日で、自然と気持ちも引き締まる。

「お母さん、おは……」

　居間の入り口でそう呼びかけ、真衣は言葉を失った。

「やあ、真衣さん。おはよう」

　三芳がニコニコしながら座布団の上から手を振ったのだ。

「な、なんで……」

　どうしてこんなに朝早く、三芳が自分の家の居間に座っているのだろう。しかも、そのいる。

隣には控えめに笠原も座っているではないか。

一瞬寝坊でもしたのかと時計を見上げたけれど、いつもと変わらず朝の七時前を指している。

三芳にも上司を通して新酒の醸造が始まる旨を連絡してあったが、まさか平日の、しかも早朝に彼がワイナリーに姿を見せるとは考えてもいなかった。

「いよいよ新酒の醸造開始と聞いて、いても立ってもいられなくてね。昨日の夜にこちらについて、ビジネスホテルに泊まったんだよ」

「三芳さん、飲めるようになるのはまだ先なのに気が早いですわ。それにホテルなんてもったいない。いつでもうちに泊まっていただいていいんですよ」

久子は長テーブルの上に朝食を並べながらカラカラと笑う。

「お母さん、もしかして知ってた？」

テーブルに並んだ朝食のメニューは明らかにお客様仕様で、今朝慌てて用意したようには見えない。

「昨日の夕方にお電話いただいてね。こちらに着くのが深夜に近いからホテルに泊まるっておっしゃるから、せめて朝食だけでもってお誘いしたのよ」

「……だったら、一言言っておいてくれれば」

聞いていたからといって三芳の訪問を阻止することはできないけれど、心の準備ぐらいはできたはずだ。

つい責めるような目を久子に向けそうになり、真衣は慌てて目を伏せた。

「渡瀬さん、突然お伺いして申し訳ありません。私、てっきりご連絡を差し上げているものだと」

笠原が必死のフォローをしてくれても、不意打ちを食らった真衣の気分は最悪だった。

しかも諸悪の根源はいつもの笑顔でそのやりとりを見つめている。

「真衣さん、白衣姿も素敵だね。こういうのも白衣の天使っていうのかな」

「……」

「……」

相変わらずの斜め上な発言に、真衣も笠原も顔を見合わせて言葉を失った。

もうこんな台詞を面と向かって言われても、恥ずかしいと思わなくなっている自分がすごい。むしろどうしたら口を閉じていてくれるのかの方が気になる。

だいたい、先週最後に別れたときのことを忘れているのだろうか?

真衣は自分勝手な三芳に怒りがわき上がってきて、返事もせずに身を翻した。

「ちょっと醸造所に行ってくるので、お二人はごゆっくりなさってください」

「真衣さん」

三芳の声がしたけれど、真衣は振り返らず裏口から外へ出る。

ここ何日かで少しずつ落ち着いていた気持ちが三芳の顔を見た瞬間に暴れ出し、真衣はどうしていいのかわからなかった。

しばらく醸造所で待っていれば小牧たちも出勤してくるだろうから、三芳の相手は小牧に任せてしまえばいい。

ポケットから鍵を取り出し、醸造所の扉を開けようとしたときだった。

「真衣さん！」

一番追いかけてきて欲しくなかった声に、真衣はため息をついてから鍵を手にしたまま振り返った。

「……なにかご用ですか？」

「この間のこと、ちゃんと話をしよう」

「今更……なにを話すって言うんですか？」

だったら今日までの間に一度ぐらい電話をくれてもいいはずだ。突然現れて話をしたいなんて一方的すぎる。

「この間のことだけど……」

珍しく口ごもる三芳に、真衣は急にイジワルをしたくなった。こちらに戻ってきてからずっと三芳のことで悩んで、傷ついていたのに。

「この間のことって、料亭で無理矢理私を押し倒した時のことですか」

「……悪かったと思ってる。君の顔を見ていたら、自分の気持ちが抑えられなくて」

「別に……謝ってくれなくてもいいです。もう終わったことだし、あの夜のことだって三芳さんにはなんでもないことなんでしょ」

真衣がぷいっと顔を背けると、なぜか三芳がため息をついた。

「この前も言っていたけど、それはどういう意味？　もう僕に抱かれるのはイヤだってことなのかな」

そういう聞き方はずるい。真衣が自分から断りの言葉を口にすれば、自分は悪くないと聞こえる。

「そ、そう思っていただいて結構です！」

真衣は悲鳴のような声で叫ぶと三芳に背を向けた。すると、三芳が真衣の二の腕を摑み、無理矢理自分の方を向かせてしまった。

「は、放してっ！」

「真衣、僕のことが嫌いなら、どうしてそんなに子どもみたいにヒステリーを起こすの？　なんとも思っていないなら……そんなに怒る必要なんてない」

「そ、それは……」

三芳の言う通り、彼のことをなんとも思っていないのなら、冷静に話ができるはずだ。どうしてこんなに興奮しているのだろう。この数日で、何度も気持ちの整理をしたはずなのに。

真衣は自分の気持ちに気づき、信じられない思いで三芳の顔を見つめた。

「……真衣」

二の腕を摑んでいた手が、真衣の身体を引き寄せようとしたときだった。

「真衣!!」

突然名前を呼ばれて顔を上げると、陸斗が母屋の横から姿を見せる。眉間にはしわが寄せられて、機嫌が悪そうだ。

「り、陸斗……」

真衣は慌てて三芳から身体を離して、逃げるように陸斗に駆け寄った。

「おはよ」

陸斗は手を伸ばすと真衣の頭をポンポンと叩く。今までそんなふうにされたことなどなかったのに、三芳と二人でいたところを見られたことが気になって、そのいつもと違う仕草に気づかない。

「……おはよう。あの、東京から社長がみえてて……えっと契約書のこととか」

「へえ」

まるでたった今気づいたかのように三芳を見る。

「おはようございます。ライジングプレミアムの三芳です」

「……どうも」

三芳の丁寧な挨拶にも、陸斗は軽く頭を下げただけだ。そこまで来て、さすがの真衣も陸斗の様子がおかしいと思い出した。

元々陸斗は言葉遣いが丁寧とはいえないけれど、農協で働いていることもあり、自分より目上の人に対してこんな態度をとることはない。

真衣はさっき三芳と二人でいたときに感じていた居心地の悪さとは別の、なにか不穏な空気を感じて慌てて口を開いた。

「あ……三芳さん、小牧陸斗です。うちの小牧さんの息子さんで、農協に勤めてるんですけど、今の時期だけ手伝ってもらってて……」

「真衣、除梗機の説明してやるからこいよ」

陸斗は真衣の言葉を遮ると、手の中にあった鍵を取り上げた。

「……あ、うん」

真衣は小さく頷いて、ちらりと三芳に視線を向けた。

「契約書は母が持っています。もう署名もして判子も押してあるので……持って行ってください」

「真衣！」

もう一度陸斗に強く名前を呼ばれて、慌てて三芳に向かって小さく頭を下げた。

なぜ陸斗は機嫌が悪いのだろう。そのことが気になったけれど、三芳から逃げることができることにほっとして、真衣は醸造所の中に逃げ込んだ。

陸斗に三芳と揉めていたところを見られた気まずさで、真衣は醸造所に入ったものの、彼に声をかけることができなかった。

明らかに痴話喧嘩というシチュエーションで、陸斗だって気まずい気持ちになったはずだ。

「あの……ごめんね」

「なにが？」

陸斗は振り返らずに除梗機の点検をしている。

「えーと、朝から変なところ見せちゃって。三芳さんとはなんでもないんだよ。契約書のこと話してただけで……なんか、あの人といるとイライラしちゃって。すぐ喧嘩になっちゃうんだよね」

「ふーん」

素っ気ない返事に、真衣は落ち着かない気持ちになった。

別に陸斗にいいわけなんてする必要はない。それに別に陸斗に迷惑をかけたわけじゃないのに。

「ねえ。陸斗、なんか機嫌悪くない？」

「……」

「ねえってば！」

無視されたような気がして、真衣はつい強い口調で言ってしまった。すると、陸斗がくるりと振り返り、苛立ったように真衣を睨みつけた。

「おまえ、ホントにわかってねーの？」

「え？」

陸斗の目にはいつもとは違う光が浮かんでいて、心臓がドキリと跳ねた。

「な、なに……？」

やっぱり今日の陸斗はいつもと違う気がする。普段はしないような熱い視線で見つめられているような気がして、真衣は息苦しくなった。

「……もういい。俺、コンテナ運んでくるから。おまえは機械に触るなよ」

陸斗はそれだけ言うと、真衣に背を向けてしまった。

昨日、畑でも感じたけれど、陸斗は最近おかしい。今朝みたいに急に機嫌が悪くなったり、三芳に対しても態度が悪かった。

あのあとすぐに小牧がやってきてその場の気まずさは表面的には解消されたけれど、陸斗は決して自分から真衣に話しかけようとはしなかった。

「もう……なんなのよ」

事務所を出て、遅めの昼食をとるために母屋に戻りながら、真衣は小さく呟いた。

三芳は笠原と一緒に午前中の仕込みを見学して、久子に呼ばれて昼食をとるために一足早く母屋に行ったはずだ。

真衣は休憩時間まで三芳と顔をつきあわせる気分になれずに、事務所で小牧を捕まえてグズグズと時間を潰していたのだ。

だからといって午後の作業にも差し支えるし、いつまでも小牧の邪魔をするわけにもいかない。真衣は重い足取りで裏口から家の中へ入った。

「ただいま」

台所を覗いたけれど、久子の姿はない。どうせ居間で三芳たちと話でもして盛り上がっているのだろうと思ったけれど、居間にも誰もいなかった。

「……あれ？」

真衣が首を傾げたときだった。玄関の引き戸が開く音がして、すぐに久子が居間に姿を見せる。

「あら、遅かったじゃない。三芳さんたち、たった今お帰りになったのよ」

「え？」

「夕方にどうしても外せない会合があるからって、東京にお戻りになったの。あんたを呼びますって言ったんだけど、仕事の邪魔をしたらいけないからって。ああ、契約書は笠原さんに確認していただいて持ち帰ってもらったからね」

「そ、そう……」

三芳がすんなり帰ってくれたのだからほっとすればいいのに、なぜかがっかりしている真衣がいた。

「真衣、お昼すぐに用意するから」

「あ、うん。午後は畑に行くから、着替えてくる」

真衣はそう言い残して自室に逃げ込んだ。

あんな態度をとったのだから、三芳だって怒って真衣と話をしたくないのだろう。当然といえば当然なのに、どこかで三芳はそんなことぐらいで怒る人ではないという思いこみがあった。

実際今までだって、大企業の社長に対してではない態度を何度もとってきたけれど、彼は笑って聞き流してくれていたのに。

もちろん自分がこうして落胆している理由にも気づいていた。

今朝三芳と話をしてみて感じたのだ。自分は三芳に惹かれていると。

だから連絡がなかったことにも苛ついたし、契約のために真衣の機嫌をとっていたことに腹が立ったのだ。

きっと契約書を受け取ったから、真衣を誘惑する必要などもうないと思ったのだろう。

あっさりと三芳の計画に乗せられていた自分に腹が立ってくる。しかも、利用されていたのに、今頃三芳に惹かれていることを自覚してしまったのだ。

「バカみたい……」

今朝三芳が白衣の天使と言ってくれた白い作業着を脱ぎ捨てる。

あの言葉も真衣の気分をよくするための彼の戯れ言だったのだ。どうして、あんな人を好きになってしまったのだろう。

ふと頭に浮かんだ〝好き〟という言葉が妙にリアルで、真衣はドキリとして着替えの手を止めた。

利用されたとわかっているのに、自分はまだ三芳に対して多少なりとも好意を持っている。こんな気持ちのまま、会社で働き続けることはできない気がした。

もちろん社長である三芳と顔を合わせる機会などそうそうないけれど、自分はその数少ない機会にも彼に会いたくない。

とことん彼を避け続ける。そんなことができるのだろうか。

ありがたいことに翌週には第二弾のブドウの収穫も始まり、真衣はその忙しさに三芳とのゴタゴタを少しだけ忘れることができた。

今年の新酒の発酵も順調で、ブドウの生育も文句ない。完璧といえるぐらい順調にことが進んでいるのだから、家族のためにも自分は頑張らなくてはいけないと言い聞かせる。

その週の週末には、以前から約束をしていた彩花とその彼氏が収穫の手伝いに来てくれることになっていて、真衣も前日から楽しみにしていた。

彩花の彼氏に会うのは初めてで、電車で来るという二人との約束の時間よりも早く駅前に着いてしまったほどだ。

「真衣！」

「彩花！」

顔を見た瞬間お互いの名前を叫びながら駆け寄っていた。

考えてみれば、彩花の顔を見るのも二、三週間ぶりだろうか。

メールや電話で連絡は取り合っていたものの、ホールディングスに勤務していたときは、毎日顔を合わせていたのだ。友達になってから、こんなに長く会わなかったのは初めてかもしれない。

「電車、混んでなかった？」

「うん。彼が指定席とっておいてくれたから」

彩花は少し後ろに立っていた男性を手招きすると、真衣に紹介してくれる。

「彼、野崎亮《のざきあきら》くん。亮、これが私の親友の真衣」

「ちょっと！　これってなによ！」

「いいじゃない、これはこれでしょ」

「もう！」

するとニ人のやりとりを見ていた亮が、クスクスと笑いを漏らした。

「ホントに仲がいいんだね、君たち。真衣さん、改めまして。野崎亮です」

「あ、はじめまして。渡瀬真衣といいます。今日は遠いところまでありがとうございます」

「毎年彩花がおじゃましてるって聞いて、一度来てみたいと思ってたんだ。こちらこそお世話になります」

看護師をしているという野崎は体つきが大きく、なにかのスポーツ選手のようにも見える。

お世辞にも美男子というタイプではないけれど、親しみやすい、誰からも好かれそうな笑顔だ。

社内でも一、二を争う美人の彩花と亮という組み合わせは一見不思議だけれど、なんとなくわかる気もする。

彩花は誰それがかっこいいとか、若社長がどうのとか、ミーハーなことを言う割に、人の内面に拘るタイプなのだ。きっと亮もそういうタイプの男性なのだろう。

「早速だけど、二人にはいっぱい働いてもらうつもりだからよろしくね」

「もちろん。あ、力仕事は亮に任せて！　ね、亮」

「どうせ俺の取り柄なんてそれぐらいだって言いたいんだろ?」

「そうよ。そのために連れてきたんだから」

ワイナリーに戻る車中でも二人は仲睦まじく、真衣はミラー越しに後部座席の二人のやりとりをうらやましい気持ちで眺めていた。

彩花と亮の間には確かな信頼感というものがある。お互いがなにを考えているのか、さぐり合う必要がないのだ。

真衣と三芳の間にはなかったもので、これが本当の恋愛との違いだと思い知らされた気がする。

母屋の前に車を停めようとして、真衣は見覚えのある車に一瞬息ができなくなった。

——黒のBMW。三芳の車だ。

震える手で車を停めると、久子が母屋から飛び出してきた。

「彩花ちゃん!　いらっしゃい!　待ってたのよ」

「おばさん、お久しぶりです。図々しく、今年は彼氏連れで来ちゃいました」

「まあ、いい人そうじゃない!　はじめまして。真衣の母です。わざわざこんな田舎まで来てくださってありがとうございます」

三人が暢気《のんき》に自己紹介をしあっている横で、真衣は黒い車から目を離すことができない。

いつ持ち主が家の中から出てくるのかもわからなくて、さっきまで楽しみだった週末が一気に台無しになってしまった気分だった。

「お母さん、この車って……」

「ああ、三芳さんがいらしてるのよ。収穫の手伝いに来てくださったんですって」

久子の言葉に、彩花が驚いたように真衣を見た。

「三芳って……うちの若社長!?」

「あ……うん。畑の生育や仕込みの様子を見に、たまにいらっしゃるの」

まずい。彩花には三芳とのことを話そうと思っているうちに話せないままここまで来てしまったのだ。

終わったことだし、今更わざわざ説明しなくてもいいと思っていたけれど、まさかこんなところで顔を合わせることになるとは思わなかった。

「収穫の手伝いって、若社長が？」

「ほ、本人がそう言うならそうなんじゃない……？」

納得がいかないという顔をする彩花に、真衣は曖昧な返事をする。

先に三芳を捕まえて、彩花がホールディングスの社員だということを伝え、口止めをしておいた方がいいかもしれない。

真衣がそう考えたとき、相変わらずのタイミングの悪さで三芳が引き戸から姿を現した。

「真衣さん、おはよう！」

今日の三芳は鮮やかなブルーのTシャツにジーンズという、真衣が初めて見るラフなスタイルだ。しかも……なぜか黒い長靴を履いている。

「若社長が……長靴……？」

真衣の後ろで彩花が呟く声が確かに聞こえる。

彩花は噂を広めるタイプではないけれど、あとで吊し上げられ根ほり葉ほり聞かれるのは間違いない。真衣はその場で頭を抱えたい気分だった。

8　最後の夜に

「ちょっと！　若社長が頻繁に来てるなんて聞いてないわよ！」

着替えのために客間にやってきた彩花は、襖《ふすま》を閉めたとたん真衣に詰め寄ってきた。野崎は真一が自分の部屋に案内しているはずだった。

「いや、別に隠してたわけじゃないんだよ？　ただ……言うタイミングがなかったというか」

「毎週電話でしゃべってるのに、タイミングがなかったわけないでしょ。内緒にしているっていうのは、後ろめたいことがあるからなんじゃないの？」

「ま、まさか……」

さすが親友だ。真衣の考えていることなどお見通しなのだろう。

「で、なにがあったわけ？」

ずいっと顔を近づけられて、真衣は目を泳がせる。こういうとき、美人な分だけ睨みにも凄みが利いていると言ったら、彩花は怒るだろうか。

「い、いろいろ……」

「具体的に！」

「……キ、キスとか」

「他には？」

「あと……お泊まりを一回……？」

最後の真衣の言葉に、さすがの彩花も口をぽかんと開けて、まじまじと真衣の顔を見た。

「マジで？」

「マジで」

こっくりと頷き返すと、彩花は着替えも忘れてその場に座り込んだ。真衣もつられてその向かいに腰を下ろす。

「ごめん、黙ってて。なんか自分でもどうしていいのかわかんなくて」

「……それはなんとなくわかる。ていうか、私が真衣だったとしても誰かに話すか迷うわ。相手があの若社長だもん」

「まあ、もう終わったんだけどね」

「……そうなの？」

自分で終わったと口にしたのに、涙が滲んでくる。今日は忙しくなるのだから、泣いている暇なんてない。

真衣は涙を散らすように、必死で瞬きを繰り返した。

「その気になった私も悪いの。三芳さんはうちの中で一人だけ契約に渋ってた私の機嫌をとりたかっただけだったみたい」

親友とはいえ、まだ癒えていない傷の説明をするのはかなり苦しい。でも、誰かにこの苦しさを聞いて欲しかったのも本当だった。

「なにそれ？　本人がそう言ったの？」

「まさか！　ただこの間も仮の契約書を渡したらさっさと帰ったし、それから今日まで一切連絡もなかったし……そういうことでしょ。さ、この話はおしまい！　もう亮さんも着替えて待ってるよ」

真衣は無理矢理笑顔を作ると、勢いよく立ち上がった。

「彩花、日焼け止めちゃんとつけてる？　麦わら帽子と腕カバーは用意してるけど、日差しがきついからちゃんと」

「なによそれ!!」

彩花は大きな声で叫ぶと立ち上がり襖へと向かう。

「私が一言言ってあげる!!」

とんでもない台詞に、真衣は慌ててその背中に飛びついた。

「ま、まって！　そんなことしなくていいから!!」

「だって、ひどいじゃない！　御曹司だかなんだか知らないけど、私が一発、いや二、三発殴ってあげる!!」

「彩花!!　ダメだって！　母も真一もこのことは知らないし、渡瀬ワイナリーはこれから三芳さんと長い付き合いになるんだから」

いきり立っていた彩花が、その言葉に動きを止めた。

「……ごめん。真衣の家族の立場、考えてなかった」

「ううん、いいの」

真衣はホッとして摑んでいた腕をほどいた。

彩花は心から自分のことを心配して、本気で怒ってくれたのだ。そんなことをしてくれる親友なんて、そんな簡単に見つからない。

「彩花、私のために怒ってくれてありがとね」

そう呟くと、真衣は彩花の華奢な首筋に抱きついた。


着替えを済ませて玄関に行くと、すでにみんなが勢揃いしていて各々車に乗り込もうとしているところだった。

「姉貴、おせーぞ。応援の人たちはもう出発してもらった。俺、三芳さんと西の畑に行くから」

「ごめん。ちょっと手間取っちゃって」

真衣が手を合わせると、すぐ後ろにいた彩花が隣にやってきて真一に向かってにっこりと微笑んだ。

「真ちゃん、ごめんね。私がのんびり日焼け止めなんか塗ってたから」

「い、いや……彩花さんは姉貴と違って日焼け止めしないとマズイっすよね。全然、大丈夫ですから」

頬を赤らめ慌てて手を振る真一に、真衣はやはり美人はなんでも許されるのだとうらやましくなった。

確かに長い黒髪を両耳の横でお下げに編んだ彩花は、中身はともかく、見た目は清楚な美人という感じだ。

真衣と同じ麦わら帽子に黒い腕カバーをしているのに、なにかが違う。もしかしたら陸斗や三芳だって、彩花に見とれているんじゃないだろうか。

そう思いながら少し離れたところに立っている陸斗に視線を向けると、なぜかすぐに視線がぶつかった。

この間、三芳と揉めているところを見られてからなんとなく気まずくなり、仕事以外の会話はほとんどしていない。

気まずさについ視線をそらすと、珍しく陸斗の方から口を開いた。

「真衣、俺たち南の畑な。あそこ今日中にやっちまわないとダメだって、オヤジが言ってる」

「わ、わかった。彩花たちと一緒に行く」

今日は機嫌が悪くないらしい。彩花効果だろうかとホッとする。

そういえば子どもの頃から知っているけれど、陸斗の女の子の好みはどうだっただろう？　高校のときに近くの女子校の子と付き合っているという噂は聞いたけれど、実際に見たことはない。

幼なじみといいながらも、お互いあまりそういう会話を交わしたことがなかった。

「じゃあ、みなさんよろしくお願いします」

真衣はもう一度その場のメンバーに頭を下げると、彩花たちと一緒に軽のワンボックスカーに乗り込んだ。

真衣たちが担当する南の畑は日当たりもよく、今年は病気の果房がほとんどでなかったので、生育状況がとてもよかった。

ブドウは収穫のタイミングも大切で、その時期を逃してしまうとワインの仕上がりも悪くなってしまうのだ。

彩花の恋人の亮は予想以上の戦力になってくれ、陸斗についてせっせと収穫作業を手伝ってくれた。

「亮さん、超イイ人だね」

二人並んでコンテナに座りながら言った。

「まあね。あの人、それしか取り柄がないのよ。あ、あと体力」

「ちょっと！　彼氏なのにひどくない？」

そう言いながら二人でクスクスと笑いあう。

「でも、体力って大事よ？」

「その言い方……なんかいやらしくない？」

「だってそういう意味だもん！」

真衣と彩花は一瞬顔を見合わせ、はじけるように笑い出した。

彩花が来てくれたおかげで、気持ちがとても楽になった気がする。こんなことなら、もっと早く彩花に相談をすればよかったと後悔するほどだ。

「そういえばさ、若社長、今夜はどうするつもりかしら。おばさんの話じゃ、今夜泊まるっぽい雰囲気だったけど」

「……」

「もしかして、泊まったことある!?」

彩花が身を乗り出して来たので、真衣は曖昧に笑い返す。

「……一回だけね。おかあさんが強引に誘ったのよ」

「おばさんは若社長の味方か～。真ちゃんもそんな感じよね。ううん！　真衣は悪くないんだから、堂々としていればいいのよ。いざとなったら私がぶん殴って……」

「ストーップ！」

突然背後から声がして振り返ると、空のコンテナを両手に下げた亮が立っていた。

「なによ、突然」

「おまえらの声大きい。特に彩花」

「う、嘘!?　そんなに大きかった？」

彩花は軍手をしていることも忘れて口を覆うと、きょろきょろとあたりを見回した。

「大丈夫だよ。このあたりは俺しかいないから。あのさ、おまえらが話してるのって、さっき真衣ちゃんが社長って呼んでた人のことだろ？　なにがあったか知らないけど、あの人なら真衣ちゃんのことが好きだと思うな」

「はぁ？　どこ見てんの？　あいつは真衣を利用して捨てた男だよ!?」

なんだか彩花にかかると、三芳がひどい詐欺師のように聞こえてくるから不思議だ。

「そんなことないって。さっきだってずーっと真衣ちゃんのこと目で追ってたし、男の俺から見ても、バレバレだって」

「ま、まさか」

真衣は亮の言葉をひきつった笑顔で受け流す。慰めてくれるのは嬉しいけれど、見当違いだ。

「とにかく、二人の問題なんだから、彩花は余計な口出すなよ。おまえ興奮するとなにするかわかんないんだからさ」

「なによ！　親友のことを心配してるだけでしょ！」

「それもわかってるって」

亮はまるで猛獣でも手懐《てなず》けるように彩花の頭をポンポンと叩いて落ち着かせた。

彩花はまだ膨れていたけれど、それでも怒るのは諦めたようだ。彩花がぐいぐい引っ張って、亮がそれを宥《なだ》めるというバランスができあがっている。

男女が逆のような気もするけれど、それも彩花らしいと真衣は二人の様子を温かい気持ちで眺めていた。

自分にもいつかこうやって理解しあえる相手が見つかるだろうか。三芳と二人のときのようにイライラしないで、穏やかな気持ちで接することができる相手が欲しい。

もちろん、目の前で猛獣使いにおとなしくさせられている彩花は、穏やかには見えなかったけれど。

彩花の三芳に対する敵対心はあからさまだった。昼食は久子や近所のおばさんたちが畑ごとに届けに来てくれたけれど、夕食の時間となるとそうはいかなかった。

その日は宿泊する人も多かったので、久子と小牧の妻、通称小牧のおばさんと一緒に夕食を作り、大人数で食卓を囲むことになった。

最初こそ真衣と一緒になって料理を運んでくれていた彩花も、久子に勧められ座ってワインを飲み出すと、テーブルの斜め向かいに座った三芳に対してツンツンとした態度をとるようになった。

「彩花、なにもしないって言ったじゃない」

真衣がわき腹をつついて耳打ちすると、彩花も小声で返してくる。

「なにもしてないわよ。ただ、私があの男を生理的に受け付けないだけ」

「もうっ！」

反対側の隣に座っていた亮が任せて！　と目配せをしてきたけれど、食事をしていても気が気ではない。

今の真衣の願いは収穫を無事に済ませて、三芳に東京へ帰ってもらうことなのだ。

当の三芳はといえば、ずっと真一につきまとわれているというのに、ニコニコとグラスを手に場を楽しんでいるようだった。

一日中畑にいたせいだろう。男性にしては白かった肌が薄赤く日焼けしてしまっている。

いつものお坊ちゃん風より野性的に見えて、それはそれで悪くないが、やはり三芳には似合わない気がした。

食事には小牧や陸斗も加わっていて、時折三芳も交えてワイン談義に花が咲いているように見える。今や渡瀬ワイナリーの若き跡取りとなった真一は、その話にも必死に耳を傾けていた。

それなのに、必死に仕事の話を聞いていると思った真一がとんでもないことを言い出した。

「三芳さん、姉貴と結婚すればいいのに」

お酒を飲んでいるせいか、その声は人でぎゅうぎゅう詰めになった居間に大きく響いた。その場にいた人が一斉に三芳を見て、そのままその視線を真衣に向ける。彩花以外の人の期待に満ちた視線が痛いぐらい突き刺さってきて、居たたまれない。

「な……なに言ってんの？　いくらお酒の席だからってそういう冗談はやめてよ」

とっさにそう口にして笑い飛ばそうとしたのに、恥ずかしさで頬が熱い。これでは、みんなに三芳のことを意識していると誤解されてしまう。

「そうそう。真ちゃん、その冗談面白くない」

沈黙を破るように彩花が言った。

「だいたい真衣の心配より、自分の心配しなさいよ。渡瀬ワイナリーの跡継ぎなんだからさ。今時一緒に農業やってくれる女の子見つけるのは難しいわよ～」

「そ、そうなんですよ！」

彩花の言葉に食いついた真一がテーブル越しに身を乗り出す。

「真ちゃんはさ、同級生とか年下より、姉さん女房の方がいいわね。おばさんがやってるみたいに、家のことと従業員さんの世話とかをかいがいしくできる人」

「で、具体的にどうしたらいいんですか？」

「そうねー実は最近農家の嫁になりたい人って、都会の方が多いのよね。そうだ、今度お見合いパーティーとか出てみない？」

いつの間にか真一の恋人をどうすれば見つけられるかという話題に変わり、さっきの爆弾発言はすっかり忘れ去られていた。

彩花の機転に感謝しながら、真衣は久子に声をかける。

「ワインもう足りないよね。私カーヴからとってくるよ」

そう言い捨てると久子の返事も待たず、裏口から外へと逃げ出した。

昼間はうだるような暑さだったのに、真衣の火照った頬を撫でる風はひんやりとしていて心地いい。

このあたりは昼と夜の寒暖の差が激しく、この気温の差が果物を甘くする大切な理由のひとつだ。

真衣は深呼吸をし、少し気分が落ち着いた気がしてカーヴに足を向けた。

どうして突然真一はあんなことを言い出したのだろう。お酒が入っていたとしても、言っていいことと悪いことがある。

明日にでもきちんと叱っておかないと、またこの話を蒸し返されそうだ。

ふと、あのとき三芳がどんな反応をしたのか覚えていないことに気づいた。

突然あんな話を振られて彼はどう思ったのだろう。いつものように当たり障りのない笑みを浮かべていたか、それとも迷惑そうだったのか。

今となってはそれを確かめる術はないけれど、もし知ったとしてもどうすることもできない。

真衣は地下のカーヴの扉を開けると、いつものように手探りで明かりをつけた。

三芳とここでワインを飲んだのは、つい最近のことだ。あのとき三芳がキスなんてしなければなにも始まらなかったのに。

真衣は棚の中から赤ワインと白ワインのボトルを抜きながら、無意識に三芳とのキスを思い出していた。

だから誰かが階段を降りてきた音になど全く気づかなかった。

「社長自ら収穫に参加するって、あれパフォーマンスだろ?」

「……え?」

背後からの声に驚いて振り返ると、扉にもたれるように立つ陸斗の姿があった。

「び、びっくりした。脅かさないでよ」

「別に忍び足で降りてきたわけじゃない。真衣がぼんやりしてたから気づかなかっただけだろ」

陸斗の口調はなぜか不機嫌で、疲れているのかいつもより酔っているように見える。そんなことを考えているうちに陸斗はカーヴの中に入ってきて、真衣のそばまでやってきた。

進路を塞ぐように目の前に立たれ、いつもより距離が近いせいか威圧されているような気がする。

「手伝いにこなくても、自分で運べたのに」

なんとなく怖くなった真衣が、その横をすり抜けて扉へと向かおうとした時だった。

「あっ！」

次の瞬間、陸斗はあっさりとその腕を摑んで真衣を自分の前に引き戻した。

乱暴に引き寄せられたために、ワインボトルが真衣の腕の中から滑り落ち、足下で派手な音を立てて砕け散る。

「ちょっと！　危ないじゃない！」

思わず陸斗を睨みつけ、その手を振り払おうとしたけれど、二の腕を痛いぐらい強く摑まれて身動きができない。

さすがの真衣も、これはまずいと感じた。

「あんな男のどこがいいんだよ」

そう呟く息は、酒臭い。かなり飲んでいるのだろうか。

「ま、また、おかしなことを……」

「あいつを見たら嬉しそうな顔して、すぐに顔を赤くしてるだろ。誰が見たっておまえがあいつのことを好きだってわかるよ。でもあいつはダメだ」

真衣を押さえつける腕に力がこもる。

「陸斗、痛いってば！」

「あんなお坊ちゃんが真衣なんかに本気になるわけないだろ？　目を覚ませよ」

「……っ」

顔の中をのぞき込まれ告げられた言葉に、真衣はなにも言えなくなった。

そんなこと、陸斗に言われなくても自分が一番わかっている。どうしてそんなひどいことを言うんだろう。

摑まれた腕の痛みより胸に走った鋭い痛みに、真衣の目には涙が滲んでくる。

「……放して……っ」

早くここから出て行きたい。真衣は摑まれていない方の腕を乱暴に振り回したけれど、その腕もすぐに押さえつけられてしまう。

――怖い。ただの幼なじみだと思った陸斗にそう感じたのは初めてだった。

「や……いや……っ！」

「真衣、俺の方が絶対おまえを幸せにできる。あの男はダメだ」

キスをされる。真衣が恐怖に首を竦め、目をギュッと閉じたときだった。

突然大きな物音がして、真衣の腕を掴んでいた力が緩む。

「真衣を放せ！」

その声に目を開くと、三芳が陸斗の腕を掴み上げ険しい瞳で睨みつけていた。

「なんだよ。あんたには……関係ない」

いつもの三芳とは違う鋭い視線に陸斗もたじろいでいるのか、真衣を掴んでいたもう一方の手も放し、ゆっくりと両手をあげた。

「真衣が泣いてる。つまり君が乱暴をしたんだろう？」

三芳は陸斗を睨みつけたまま、真衣を背中に庇《かば》うように身体を移動させた。目の前に広がった大きな背中に、真衣は震える両手を握りしめた。

そうしていないとすぐにでも三芳の背中にすがりついてしまいそうだったのだ。

「違う！　泣かせるつもりなんて……っ」

「現に泣いてるじゃないか。たとえ君が真衣のことを好きだったとしても、こういうやり方は間違っていると思わないのか」

「うるさい！　俺はあんたなんかよりずっと長く真衣と一緒にいて……ずっと見守ってきたんだ。突然現れたおまえなんかに」

興奮した声で叫ぶ陸斗に、真衣は二人が殴り合いでも始めるのではないかと心配になった。

「陸斗、やめて！」

三芳にそのつもりがなくても、このままでは陸斗が手を出してしまいそうだ。

真衣の言葉に、二人が我に返ったように振り返る。

「陸斗……ごめんね。私、陸斗の気持ちに全然気づいてなかった」

「真衣、俺は」

「でも、ダメなの。ごめんね」

小さく呟くと、陸斗は握りしめていた拳を、力なく落とす。それから残念そうに小さく頭を振った。

「……わかった。はっきり言ってくれてよかったよ。俺の方こそ……ごめんな」

そう言った陸斗の唇には、哀しげな笑みが浮かんでいた。

その切なげな笑みは真衣の胸に突き刺さり、胸に悲しみが押し寄せてくる。それはずっと仲良しだった幼なじみがいなくなってしまった痛みなのかもしれない。

「ごめん。ごめんなさい……」

ここで泣くのはずるい。わかっているのに涙が溢れてくる。

「バカ。おまえは悪くないって。俺、先に戻るから落ち着いたらあがってこいよ」

傷ついているはずの陸斗は、励ますような笑みを浮かべると足早にカーヴから出て行ってしまった。

それでも涙は次から次へと溢れてくる。

もっと他に、陸斗を傷つけない方法はなかったのだろうか。自分が陸斗を好きになれたらよかったのに。

そうすれば陸斗にあんな哀しそうな顔をさせることなんてなかった。

「今、陸斗くんを好きになれたらよかったって思ってる？　申し訳ないって」

「……え？」

考えていたことを言い当てられて、真衣は涙も忘れて顔をあげた。

手を伸ばせば届きそうな距離に立っている三芳に、真衣はまた泣いてしまっている自分が恥ずかしくなった。

どうして三芳は、いつも泣いているときにばかりそばにいるのだろう。

三芳は手を伸ばして真衣の涙を拭うと、静かに口を開く。

「もしそう思っているのなら間違ってるよ。みんな別々の人間で、考えていることも違うんだ。だから真衣が彼のことを幼なじみ以上に思えなくても、それは真衣のせいじゃない」

大きな手のひらが頰を撫でて、真衣はその手つきに心を奪われながら三芳を見上げた。

「……どうして、来たの？」

「君と話がしたくてカーヴの入り口で待つつもりで来たんだ。そうしたら瓶の割れるような音がしたから驚いて飛び込んだら、あいつがいたんだ」

「……そう」

真衣は床に落ちて散らばったガラスとワインに視線を移した。

「……お父さんのワイン、ダメにしちゃった」

「手伝うよ。片づけよう」

三芳の労《いたわ》るような言葉に、急に緊張が解けて今頃になって身体が震えてくる。

陸斗が嫌いというわけではなく、陸斗ではイヤだったのだ。ドキドキもしないし、触れられて嬉しいとかホッとするとは感じられないのだ。

心の奥に押し込めて消してしまおうと思っていた気持ちが急に現れて、真衣はどうしていいのかわからなくなった。

「真衣？」

三芳になら、名前を呼ばれただけで鼓動が速くなるのに。でもこの人は仕事のために私に優しくしているだけだ。

顔をあげると、三芳の気遣うような視線とぶつかり、彼はそれが当然のことであるように真衣の身体を自分の腕の中に引き寄せた。

「……さっき、真衣が止めてくれなかったら陸斗くんを殴っていたかもしれない」

「うそ。冷静だったよ」

「そんなことない。真衣は後ろにいたから、僕が怒っている顔が見えなかったんだよ」

髪の中に三芳の手が潜り込み上向かされる。顔をのぞき込む瞳が甘く揺れて、真衣は胸が苦しくなった。

「……僕以外の男に触れて欲しくない」

今にも唇が触れてしまいそうな距離で囁かれ、真衣の唇に熱い息がかかる。まるでキスをされているみたいだ。

早くあの唇に触れて欲しい。その誘惑に観念して目を閉じると、息よりも熱い唇が覆い被さってきた。

「……ん」

三芳とキスをするのは、あの料亭以来だ。この間のような荒々しさはないけれど、強引に舌が入ってきて、真衣は無意識に背中を反らせる。

見上げるような格好で貪るようなキスをされ、身体が蕩けてしまいそうなほど熱を持つ。

もう三芳には近づかない。そう決めたのに身体は勝手にキスに反応してしまう。彼にキスをされるたび、下肢からゾクゾクとした快感が這い上がってきて、もっと欲しいと思っ

てしまうのだ。

三芳とのキスは麻薬のように真衣の身体に広がって、何度でも欲しくなる。

「……ん！」

いつの間に後ずさったのかお尻のあたりに触れたテーブルの硬い感触に、我に返る。

「真衣」

そのままテーブルの上に押し倒されてしまいそうな勢いに、真衣は慌てて彼の胸を押し返した。

「ダメ……もぉ……優しくしないで」

「……真衣、突然どうしたの？」

キスを中断されたのに、三芳は怒るというより心配しているようだ。

「私は都合のいい女じゃない。三芳さんが会いたいときだけ会ったり、キスしてもらえるのを待っているような女になりたくないの」

「僕は、真衣のことそんなふうに考えたことはないよ」

「ううん。私には……無理なの。お願い、もう戻らせて」

真衣はこれ以上三芳が近づいてこないように、両手をその胸に押し当てて距離をとった。

「私と三芳さんは住む世界が違うの。だから最初のときみたいに、社長と取引先の娘って関係に戻りたい」

「……真衣、僕は」

「お願い！」

これ以上なにを話してもわかってもらえないだろう。真衣は三芳の胸をもう一度強く押した。

「もちろん、こんなことがあったからって私が契約に反対するなんてことしないから安心して。本契約書にも、ちゃんとサインするから」

真衣はそれだけ言うと三芳を残してカーヴを飛び出した。

一瞬追いかけてきてくれるかもしれないなどというバカな考えが浮かんだけれど、そんな足音は聞こえない。

契約はちゃんとすると伝えたから、それで満足したのかもしれない。三芳の目的は、契約への真衣の賛成を取り付けたかっただけなのだから。

また新しい涙が溢れてきそうになり、真衣は慌てて拳で顔を擦った。

居間に戻ると陸斗の姿は消えていて、真一と小牧、それから彩花が酔いつぶれている。亮に手伝ってもらい全員を布団に運んだときには、三芳も客間に引き取っていた。翌日の昼に三芳が東京に戻ったのも、久子から聞かされるまで知らなかった。

朝食のとき少しだけ顔を合わせたけれど、お互い言葉を交わすこともなくて、周りから見れば表面上はなにもなかったように見えたはずだ。

ただ、真衣が味噌汁を三芳の前に置いたとき、一瞬だけ二人の視線が交差した。どうしよう。そう思った次の瞬間、三芳の方から視線をそらしてしまったのだ。

いつもドギマギした真衣の方から視線をそらすことはあっても、彼から無視をするように視線をそらされたことなどない。

胸に鋭い痛みが走ったけれど、自分から彼を退けたのだから、冷たい態度をされても仕方がないのだと自分に言い聞かせた。

それに比べたら、陸斗の方がさっぱりしたものだ。

「真衣、のろのろ日焼け止めなんて塗ってないで早く畑に出ろよ」

翌朝も時間通りにやってきて、いつもの調子で畑に追い立てた。

三芳とのことをいつまでも悩んでいる自分より、陸斗はずっと大人だ。

真衣がブドウでいっぱいになったコンテナを軽トラックに運んで行くと、ちょうど陸斗が積み込み作業をしているところだった。

陸斗は無言で真衣の手からコンテナを取り上げると、トラックに載せる。

「ありがと」

その背中に声をかけると、陸斗がばつの悪そうな顔をして振り返る。

「昨日は……ごめん」

真衣はなんと答えればいいのかわからず、首を横に振った。

「本当はあんなふうに急ぐつもりじゃなかった。でも……あいつが現れて、急に真衣をかっさらわれた気分になったんだ」

「……陸斗」

昔から陸斗はこうなのだ。子どもの頃から大喧嘩を何度しても、先に謝ってくれるのは陸斗の方で、明らかに真衣が悪いときでもこうやって仲直りをしてきた。

「もう、気にしてないから。それに元々三芳さんとはそういうのじゃないし」

「……本当に付き合ってないのか？」

「うん。まあ……いろいろあったけど、私と三芳さんなんて釣り合わないでしょ？　それに前に陸斗だって、私なんかが相手にされるわけないって言ってたじゃない」

「そ、それは、最初は胡散臭《うさんくさ》い奴だって思ってたし、おまえに手を出されたくなかったから……」

陸斗が照れくさそうに顔を赤らめた。

「とにかく、俺に気を使ってるなら余計なお世話だぞ？　俺だって好きな女の幸せを願うぐらいできるんだからさ」

妙に気負った口調の陸斗に、真衣は思わず笑いを漏らす。

本当に陸斗を好きになればよかったのに。そうすればこうして楽な気持ちで、相手の言葉ひとつ、仕草ひとつに一喜一憂して傷つくことなんてなかったのに。

「あーあ」

真衣は少しずつ葉が黄色く色づいていくブドウ畑に向かって伸びをした。

「私さ、会社辞めてこっちに戻ろうかな」

きっと久子も真一も喜ぶはずだ。

真一は大学があと一年と少し残っているけれど、貯金を使えば学費はまかなえるし、ライジングプレミアムとの本契約が済めば、ワイナリーの経営も安定する。

自分はワイナリーの仕事をしながら、真一が一人前になれるようにサポートすればいい。

「真衣、おまえやけになってるだろ?」

「そんなことない。前からずっと考えてたけど、決心がつかなかっただけ。それにお母さんも今は調子がいいけど、まだ治ったわけじゃないし」

本当は思いつきで口にしたけれど、もう自分にはそれしか選択肢がないような気がした。

9　不安と恋心

最初はただの思いつきだった。でもそうと決めたらすぐに実行したいのが真衣の性格だ。子どもの頃は両親によくせっかちだと注意された。

例えば学校のテストで答えを書こうと焦って、自分の名前を書き忘れて零点にされてしまうような、そんなミスを犯すようなタイプだ。

もちろん辞表に自分の名前を書き忘れるようなことはしないけれど、子どものときからのせっかちさは変わらず健在だった。

できればもう東京に戻りたくないけれど、さすがに辞表を郵送するわけにはいかない。それにこちらに戻るなら、東京の部屋を片づけるという大仕事も残っていた。

幸いワンルームのマンションだから、大きな家具を処分してしまえば大した荷物もない。そちらの片づけは収穫期が終わってからゆっくりすればよかった。

問題は辞表を提出するタイミングだ。

渡瀬ワイナリーでは間もなく新酒の試飲会をすることになっていて、そのタイミングで正式な契約書を交わすことになっていた。

提出するなら、そのあたりかもしれない。真衣も東京に出社する予定があるし、人事に直接提出してしまえば三芳が反対する暇もないだろう。

もっとも、今の三芳は真衣の退職を願っているかもしれないけれど。そう考えたら、また胸が苦しくなったが、それが自分の選んだ道なのだから仕方がない。

醸造所ではすでに瓶詰めや樽への移し替えが行われていて、醸造所内だけでなく、母屋にまでワインのいい香りが漂ってくる。

幼い頃はこの匂いがしてくると父の機嫌がよくなり、子ども心にワクワクしたものだった。

真衣は小牧に頼んで瓶詰めした新酒を分けてもらい、丁寧に梱包《こんぽう》すると、東京に持って行く荷物の中に詰めた。

三芳とはいろいろあったけれど、彼のおかげでワインを造ることができたのだ。帰り際にでも笠原に預けて帰ればいいだろう。

真衣はその日いつも通り出社をすると、いつも以上に仕事に専念した。

出荷は来月の頭からで、会社が大手チェーン店や小売店へ根気よく営業活動をしてくれたおかげで、予約数は上々だという話も聞かされホッとした。

上司の話では、ワインに詳しい小売店では、手に入りにくい渡瀬ワイナリーの商品ということで、飛びつく人も多かったという。

父は提携にあまりいい顔をしていなかったけれど、この話を聞けば提携をしてよかったと思ってくれるのではないだろうか。

それから、真衣は親友の彩花にだけは先に退職のことを話しておこうと夕食に呼び出した。

「彩花、この間は来てくれてありがとう。これ、出来立てのワインだよ。荷物になるから、今日は一本だけだけど」

真衣は準備してきた一本を彩花に手渡した。

「彩花たちに手伝ってもらった分も今発酵中だから、あとでまとめて送るね。亮くんと飲んで」

「ありがとう！　亮さ、あれからワインに興味もっちゃって、また来年も行きたいって言ってるからよろしくね」

「ホント？　そう言ってもらえると嬉しい。でも現物支給ぐらいしかできないけど」

「それが一番嬉しいからいいのよ。自分が摘み取ったブドウがワインになるんだもの」

彩花は嬉しそうに瓶をポンポンと叩いて見せた。

「真衣のところもさ、観光客向けにそういうイベントやったら？　収穫体験して、後日ワイナリーからワインが送られてくるとか。テレビでやってたけど、足踏みでワインづくりを体験できるところもあるんでしょ」

「ああ、ああいうのは結構大きなワイナリーさんがやってるのよね。今のうちじゃ人手が足りないけど、真一とかが喜びそう」

真衣は笑いながらメニューに手を伸ばした。

彩花と二人で飲みに行くときは、なぜか居酒屋や焼鳥屋といった和食の店が多い。彩花曰く、友達と騒ぎたいときにしゃれた店では盛り上がらないという。

この間すごい剣幕で腹を立てていた三芳のことは、一言も口にしない。その代わりにビールで乾杯をして、彩花が会社の上司や同僚の話をおもしろおかしく話してくれた。気を使ってくれているのだとわかったけれど、退職のことを伝えるタイミングがなかなか見つからなくて、真衣は内心迷っていた。

彩花には後で伝えればいいんじゃないか。そんな想いもよぎったけれど、自分が逆の立場だったら、きっとショックを受ける。

親友だと思っていたのに、相談もされなかったと知ったら、傷つくはずだ。

真衣は心を決めて、会話が途切れた間合いを見計らって口を開いた。

「あのね、私、会社辞めることにした」

「……いつ？」

驚いたことに、彩花は取り乱した顔もせずにそう答えた。

「もっと……驚くと思った」

「何年友達やってると思ってるのよ。あんたの考えなんてお見通し」

彩花はそう言って笑うと、グラスに残っていたビールを飲み干した。

「うーん。ワインはやっぱり真衣の家のが飲みたいから、日本酒にする？」

通りすがりの店員を捕まえると、彩花は冷酒とグラスをふたつ注文してから真衣に向き直った。

「真衣はそれでいいのね？　若社長とのこと聞いてから、辞めるって言い出すんじゃないかって思ってたの」

「うん。そのこともあるけど、私、片手間みたいな感じじゃなくワイナリーの仕事をちゃんとやりたいなって。真一が一人前になるまでは、私が家にいた方が母も安心するだろうし」

「もう辞表は提出したの？」

「明日……実家に帰る前に提出するつもり」

冷酒が運ばれてきて、彩花がふたつのグラスになみなみと酒を注ぐ。

「そっか、真衣がいなくなるのは寂しいけど、もう会えないわけじゃないもんね。それでマンションの方はどうするの?」

「収穫期が済んでから片づけに来ようと思ってる」

「そのときは亮連れて手伝いに行くから、ちゃんと教えなさいよ」

「うん」

真衣は頷くと冷酒のグラスを取り上げた。

「じゃあ、真衣の決断に乾杯!」

「乾杯」

カチン、と小さなガラスの音がして、二人は笑顔でグラスに口を付けた。

翌日、真衣はいつものように仕事を終えると、会社を出る前に人事部に辞表を提出した。

通常、辞表は上司を通して提出されることが多いから、人事部の人間は驚いた顔をした。

上司に相談をしたのかと尋ねられ、真衣は大丈夫だと押し通して人事部をあとにすると、その足で社長室に向かう。

緊張しながら社長室の扉を叩くと、笠原が笑顔で迎えてくれた。

「渡瀬さん、今日は社長とお約束でした? 社長、会合に出かけられたんですが……もしかして予定を間違われたんでしょうか」

笠原が慌てて電話を手にしようとしたので、真衣も急いでそれを押しとどめる。今の自分には三芳と顔を合わせる勇気がない。

「ち、違うんです。新酒ができたので先にお渡ししておこうと思って。どうせ週末の試飲会にいらっしゃるとは思ったんですけど、早くごらんになりたいかと思ったので」

梱包したワインの包みを差し出すと、笠原はホッとしたように胸を撫でおろした。

「失礼しました。てっきり社長が約束をお忘れになって出かけてしまわれたのかと思って」

「あ、笠原さんの分もありますから、よかったら召し上がってください」

「まあ、嬉しいです！　先日お母様がお土産に持たせてくださったワインをいただいて、すっかり渡瀬ワイナリーさんのファンになったんですよ」

笠原の嬉しそうな顔を見ながら、真衣は三芳が出かけていたことに半分安堵して、半分落胆していた。でも、これでよかったのだ。

「笠原さん、お世話になりました。いろいろよくしていただいて感謝しています」

「そんな。まるでこれでお別れみたいじゃないですか。渡瀬さんとはこれから長いお付き合いになるんですからそんな改まったことおっしゃらないでください」

会社を辞めたらさすがに笠原と会うことはなくなるだろう。真衣はそう思いながら曖昧に笑い返した。

辞表を出して実家に戻った真衣は、いつ三芳や上司から連絡がくるのか内心ビクビクしていたけれど、予想に反して連絡は一切なかった。

それどころか、新規事業部からの確認メールは今まで通りで、あまりにもあっさりことが進んだことに肩すかしを食らった気分だ。

一社員の退職などいちいち社長に連絡が行くわけもないし、気づかれていないというのが妥当だろう。

それでも一度だけドキリとしたのは、笠原からの電話だった。

これも試飲会の前日の時間確認の連絡で、退職についての言及ではなかった。

『明日は私も伺いたかったんですが、社長が一人で大丈夫だとおっしゃるので。それから本契約書をお持ちいたしますので、よろしくお願いいたします』

「わかりました。従業員一同お待ちしているとお伝えください」

当たり障りのない会話で電話を切ったものの、不安は隠せない。

こんなことで、明日の試飲会にやってきた三芳と普通に話ができるのだろうか。

明日なんてこなくてもいい。そう思いながら眠りについたけれど、やはり朝はやってきてしまった。

今年の作業は遅めの収穫用の畑を残してほぼ済んでいて、真衣が朝から畑に出て行く必要はない。

せめて試飲会が始まる昼までの時間を忙しく過ごしていたいのに、醸造所の方も現在は熟成の温度管理など少ない人数で事足りているようだった。

仕方なく、久子と一緒に試飲会のためのつまみやグラスを用意して時間を過ごすしかなかった。

「やっとここまできたわね」

久子は晴れ晴れとした顔で真衣を見た。ふとその顔を見て、少し白髪が増えたような気がした。

今年の始めに父が亡くなってから、久子も苦労したし、精神的にも大変だったのだ。もしかしたら、久子が一番今日を楽しみにしていたのかもしれない。

「お父さん、提携のこと怒らないかな」

「どうして？　お父さんが提携を断り続けていたのは、大きな会社に自分のノウハウを渡して薄利多売になるのがイヤだったからよ」

「うん、それは知ってる」

だから真衣も最初は三芳の申し出を断ったのだ。

「今までの会社はお父さんのノウハウを取り入れて、自分たちの畑と工場で造りたいっていう話ばかりだったでしょう。うちのブドウじゃないのに渡瀬ワイナリーの名前をつけたかっただけ。でもね、三芳さんはうちのブドウとうちの工場で造ったものだけが欲しいっておっしゃってくださったから」

「……そうなの？」

初めて耳にした話に、真衣はチーズを切る手を止めた。

「そうよ、最初にいらしたときね。ほら、あんたが畑で倒れたことがあったでしょう」

あれは三芳と初めて会ったときのことだ。蒸し暑い畑のど真ん中にスーツをきっちり着込んで現れたお坊ちゃま。

真衣はあのときの自分の態度を思い出して、つい笑いを漏らした。あのときはどうしてあんなに三芳を毛嫌いしていたのだろう。

「お母さん、そんなこと一言も言ってなかったじゃない」

「あら……だって同じ会社で仕事をしてるんだし、そういう話も聞いてるんでしょ」

「……」

会社で初めて会話をしたのは、会議室だった。突然上司に呼び出されて、三芳の前に連れて行かれた。

そのあともいろいろなことがあったから、もう随分前のことのような気がする。

「ねえ、三芳さん何時に着かれるんだった？　いつも車でいらっしゃるけど、高速道路が混んでいないといいわね。週末は時間が読めないから」

「……うん」

真衣は頷きながら時計を見上げた。

笠原の話なら、もう到着していてもおかしくないはずだ。もしかしたら久子の言葉通り渋滞に巻き込まれているのかもしれない。運転中なら携帯に電話をしても出られないだろう。

今朝までは三芳には会いたくないと思っていたのに、時間通りに彼が現れないことで急にそわそわしてしまう。

真衣がもう一度時計を見上げたとき、真一が汗を拭きながら台所に入ってきた。

「うわ。ここも暑いな。姉貴、麦茶ちょうだい」

「もう。それぐらい自分でしなさいよ。私もお母さんも手が離せないって、見ればわかるでしょ」

すでに台所のテーブルの上にはオードブルが所狭しと並べられていて、グラスひとつ置く場所もない。

それでも真衣はぶつぶつと文句を言いつつ、真一に冷蔵庫から取り出した麦茶を注いで、残りのボトルも手渡してやった。

「サンキュ！　そういえば、今東京のおじさんから電話があったんだけど、高速で玉突き事故があったから試飲会に間に合わないって」

東京のおじさんというのは久子の兄で、東京でサラリーマンをしている。東京に住んでいるから東京のおじさんという、真衣と真一の子どもの頃からの呼び方だった。

「電話来たのっていつ？」

「えっと……十分ぐらい前かな？　事故車の台数が多くて車線が塞がれてるから、しばらく通行止めだって。おじさんは一般道でこっちに向かうけど、遅くなるから先に始めていてくれって」

「あら、じゃあ三芳さんも巻き込まれてるかもしれないわね」

「え？」

久子の言葉に真衣の鼓動が速くなった。

「事故に巻き込まれたかもしれないわねって言ったの」

もちろん久子が言ったのは、事故の通行止めに巻き込まれているかもしれないという意味だ。それなのに真衣の胸には不安が押し寄せてくる。

もしその事故車の中に、三芳の車が含まれていたら？

そんなことはあり得ないと思うのに、それでも心配するのを止めることができない。

「わ、私……三芳さんの携帯に電話してみる……」

真衣は慌てて台所を飛び出して、居間に置いておいた携帯を手に取った。

三芳の番号は登録してあったけれど、一度もかけたことはなかった。もちろん三芳からかかってきたこともない。

初めてかける電話がこんなことになるなんて思ってもみなかったが、今は三芳の安否が知りたい。

真衣は震える手で電話帳から三芳の番号を呼び出すと、通話ボタンを押した。

「……」

すぐに規則的な呼び出し音が耳に聞こえてくる。

二回、三回……運転をしているのなら出られないかもしれない。四回、五回……六回目が聞こえる前に、携帯の向こうから三芳の声がした。

『もしもし？　真衣さん？』

「三芳さん！　無事ですか!?」

『え？　無事……というか、今家の前に着いたけど』

「えっ!?」

真衣は慌てて裸足のまま三和土《たたき》に下りると、引き戸を開けた。

「……あっ」

まるで真衣が出てくるのを待っていたかのように目の前に三芳の胸が迫って、真衣はとっさに戸にしがみついて衝突を免れた。

「真衣さん、慌ててどうしたの？　なにかトラブル？」

三芳も突然飛び出してきた真衣に驚いたのか、目を見開いて真衣を見下ろしている。

「ち、違うの……っ。あの、高速道路で事故があったっていうから、三芳さん遅いし……渋滞に巻き込まれたんじゃないかって……」

思わず視線を落とすと、裸足の足が目に飛び込んでくる。三芳が心配で飛び出してきたということが丸わかりで、真衣は慌てて引き戸から離れ背を向けた。

「……もしかして、心配してくれたの?」

その声が妙に甘く聞こえて、真衣は心臓の音が一際大きくなる。

「だって……社長がこないと始められないじゃない。今日は提携の書類にもサインする約束だし」

真衣は靴箱の上に置いてあった雑巾を手に取ると、汚れた足を拭いた。

「みんな待ってますから、醸造所の方へどうぞ」

三芳の顔を見ないまま早口で言うと、彼の返事も待たずに家の中へ逃げ込んだ。

「お母さん、三芳さん着いたよ。私みんなにも知らせてくるから」

「あら、よかったわ」

布巾で手を拭きながら出てきた久子に三芳を押しつけ、真衣は裏口から逃げるように外へ出た。

どうして三芳が事故にあったかもしれないなんてバカなことを考えたんだろう。普通に考えれば、ただ渋滞で遅れていただけだとわかるのに。

でももう三芳に会えないかもしれないと考えてしまったら、いてもたってもいられなくなったのだ。

試飲会は醸造所の一角で行うことになっていて、農協から借りてきた机やパイプイスを陸斗が並べてくれていた。

「よお。こっちの準備できてるぞ」

「うん。今、三芳さんも着いた」

何気なく顔をあげた陸斗が、真衣の顔を見て眉をひそめる。

「おい、顔色悪いけど大丈夫か？」

「……うん」

「またなんかあったのか？」

「なんでもないって。ほら、これから本契約だしいろいろね」

真衣が曖昧に笑うと、陸斗はホッとしたように頷く。

「ならいいけど。農協のおっさん事務所に案内しといたから。あとは……オヤジか。呼んでくるわ」

陸斗は農協の弁護士先生をなぜか農協のおっさんと呼ぶ。なんど注意されても直さないのだ。

真衣は思わず笑みを漏らして頷いた。

「うん、お願い」

貯蔵タンクの部屋に入っていく陸斗を見送っていると、すぐに賑やかな一団が真衣の後を追うように入ってくる。久子と真一、それから三芳だ。

「真衣、農協の弁護士さんいらしてるのよね？　三芳さんが先に契約書を確認して欲しいって」

「ああ、さっきお見えになったから、陸斗が事務所に案内してくれたって」

「あらやだ、お茶もお出ししてないわ」

「私がするよ。お母さんは先に先生と書類を確認してて」

真衣は三芳の顔を見ないようにして、その横をすり抜けた。

どうせ書類は先生がちゃんとチェックしてくれるし、今更自分が口を出すこともない。それなら三芳と一緒にいないで済む方がありがたかった。

台所に入ってヤカンに手を伸ばし、一瞬考えてからそれを元に戻す。

今日は九月の終わりといっても天気がいいせいか蒸し暑い。それなら冷たいお茶の方がいいかもしれない。

そう思って冷蔵庫を開けたけれど、さっきまであったはずのボトルの中身は空っぽに近かった。

「……やだ、真一だ」

たぶん真衣が台所から出て行ったあとにも、麦茶をがぶ飲みしたのだろう。

真衣はため息をついて、昨日作ったフレーバーウォーターのボトルを取り出した。

これは熟したブドウの実をミネラルウォーターに漬け込んだもので、砂糖を使っていないからさっぱりしていて食事のお供にも向いている。

自家製のブドウを赤白かまわず漬け込んでいるから、サングリアのような色合いになり、子どもの頃からこの時期は必ず冷蔵庫の中にある飲み物だった。

元々試飲会のあとの口直しにと作っておいたけれど、熱いお茶を出すよりはいいだろう。

真衣はグラスにそれを注ぐと、お盆に載せて台所を出た。

事務所に入ると八畳ほどの部屋はソファーに座る三芳、その向かいに久子と弁護士、さらにその後ろに立つ真一で外よりも蒸し暑い。

「真一、窓開けて」

真衣はそう声をかけてから、テーブルの上にグラスを置いた。

「どうぞ。自家製で申し訳ないですが」

「おお、こりゃいい。今日は蒸し暑いからね」

弁護士が嬉しそうにすでに水滴がつき始めたグラスを手に取ったのを見て、三芳も興味深げに真衣を見上げた。

「自家製って……サングリア？」

「いえ、これはブドウをミネラルウォーターに漬け込んだだけでお酒は入ってません。さっぱりしてるのでよかったら」

三芳は真衣の言葉に頷いて、グラスに口をつける。

「本当だ。さっぱりしていて優しい味だね」

優しく笑みを返され、真衣は慌てて目をそらした。

あからさまに目をそらしたから、三芳は気を悪くしたかもしれない。でもあの微笑みを見ていたら、心臓がドキドキしすぎてどうにかなってしまいそうな気がするのだ。

「うん、特に大きな変更内容もないみたいですね」

弁護士が書類を閉じて、久子に手渡した。

「あとは渡瀬さんと三芳社長にサインをしていただいて、契約ということでよろしいですね」

そう言って弁護士が話を締めくくろうとしたときだった。三芳が遮るように口を開いた。

「待ってください。署名をしていただく前に、ひとつ条件を追加させていただきたいんです」

「えっ?」

そう叫んだのは真衣だった。

やっとここまで来て、自分も納得して契約を結ぼうとしているのに、今更なにか無理な条件を付け加えるつもりなのだろうか。

「三芳さん、待ってください。そんな話突然」

詰め寄ろうとした真衣を、三芳が手で制す。

「真衣さんにも聞いて欲しい。座って」

ソファーの空いた場所を目で示され、真衣は躊躇いながらも三芳の隣に腰を下ろした。

さっきまで三芳の顔を見るのも恥ずかしかったはずなのに、今はその横顔を食い入るように見つめていた。

「突然のことで驚かれるかもしれませんが、僕は真衣さんのことが好きです」

三芳の言葉に、その場にいた人間すべてが凍りついたように動かなくなった。

真衣一人だけが、まるで魚のように口をパクパクさせている。

「み、三芳さん……!?」

「そういう事情なので、これから僕が真衣さんに結婚を前提にした交際を申し込むことにご了承をいただきたいんです」

相変わらず笑みを浮かべ、三芳は顔色一つ変えずにそう言いきった。

「な、なに言って……」

頭に血が上って、うまく息ができない。気がつくと真衣はその場に立ち上がっていた。

この人は頭がおかしくなったのだろうか。前から変わっているとは思っていたけれど、間違いなく変人の部類だ。

「あらあら、まあまあ」

久子も驚いたように目を見開いて、三芳と真衣を交互に見比べている。

「お、お母さん、これは違うのっ！　三芳さんが勝手に」

「あら、素敵じゃない。お父さんが元気だったら、三芳さんみたいに率直に申し込んでくれる人、喜んだはずよ」

「だから違うんだってば！」

必死にその場を取り繕おうとする真衣を見て、三芳はわざとらしく久子に向かってため息をつく。

「何度かアプローチしているんですが、なかなかいい返事をもらえなくて」

「大丈夫、この子は少しせっかちで天の邪鬼なところがありますけど、バカじゃありませんから」

「そう言ってもらえると嬉しいです。それでは早速ですが真衣さんを連れて行ってもいいですか？」

「どうぞどうぞ。ふつつかな娘ですが」

「は!?」

なんだか今にも嫁に出されてしまいそうな返事に、真衣は頭の中が真っ白になった。

助けを求めて周りを見回しても、ただ驚いた顔でことの成り行きを見守っている弁護士と、明らかにこの状況を喜んでいる真一では助けになりそうにない。

予定表

真衣が立ちすくんでいるうちに三芳はソファーから立ち上がると、優しくその手首を摑んだ。

「お母さんからも許可をいただいたし、ゆっくり話し合おう」

「ちょっと!? これから試飲会が……!!」

三芳は叫ぶ真衣を無視して、その手を引いたまま事務所を出てしまう。そのまま車までやってくると、有無を言わさず真衣を助手席に押し込んだ。

「いい加減にして！ これって誘拐よ！」

「ちゃんと許可をもらったよ」

「私は認めてない！」

三芳はその真衣の言葉をわざと無視して、車を発進させてしまう。

「ほら、シートベルトして。違反で捕まっちゃうよ」

どうせならお巡りさんに止められて、誘拐ですと訴えてやりたい。でもさすがにそこまではできなくて、真衣は渋々シートベルトを締めた。

車はブドウ畑を走り抜け、国道に出る。そのまま高速道路の入り口に向かうのを見て、真衣は慌てて口を開いた。

「どこ行くの？ 東京になら戻らないから！」

「違うよ。君と二人で話ができるところ」

「話なら車の中でもできるじゃない！」

そう言っている間にも車はインターチェンジを通り抜けて、高速道路に入ってしまった。

「私、辞表を出したの」

「知ってるよ。昨日付けで処理されてるはずだ」

一瞬止めてくれるのではないかとバカなことを考えてしまった自分が恥ずかしい。辞めようと決めたのは自分なのに、なにを期待しているんだろう。

「だったら、もう三芳さんには私に命令する権利なんてないのよ。強いて言えば業務提携を結ぶけど、あれは対等な条件だし」

「そうだね」

なんとなく適当にあしらわれたような返事に、イライラが募ってくる。この冷静な横顔に爪を立ててめちゃくちゃにしてやりたい気分だ。

「じゃあ、今更……」

「実は君にプロポーズをしようかどうしようか、さっきまで迷っていたんだ。君が本当に僕との交際を望んでいないのなら、諦めようと思った。でもさっき僕の心配をして飛び出してきてくれた君の顔を見て、望みはあると思ったんだけど、違う？」

「な……っ！」

やはりあの時、血相を変えて飛び出したことに気づかれていたのだ。真衣は恥ずかしさに、顔がカッと熱くなるのを感じた。

しかも、プロポーズなんて本気で言っているのだろうか。その横顔だけでは彼が本気でそんなことを言っているのかもわからない。

車はジャンクションから富士五湖《ふじごこ》方面に向かう。本当に東京に連れて行かれるのではないらしいが、ますますわけがわからなくなる。

だいたい自分はバッグどころか携帯電話すら持っていないのだから、不安ばかりが大きくなるだけだ。

「ねえ……ホントにどこに行くつもりなの?」

「……どこだと思う?」

挑発するようにニヤリと唇を歪めた三芳は、いつもより色っぽい。

真衣が必死に行き先を聞きたがることを期待している顔に、慌てて口をつぐんだ。

車を降りることができないとわかっていて、わざとそんな態度をとっているのだ。これ以上三芳のペースで話を運ばれたくない。

真衣は唇を噛んで三芳から顔を背けると、窓の外に視線を向けた。

10　切ない想いに気づいて

三芳は行き先を教えてくれないまま車を走らせたけれど、車が静岡方面に入ったのを見て、真衣はどこに連れて行かれるのかなんとなく見当がついた。

車はライジングホールディングスが所有しているワイナリーホテルに向かっているのだろう。

渡瀬ワイナリーに派遣されているスタッフも、ここからきた人ばかりだ。

腹が立って黙り込んでみたものの、三芳は真衣の機嫌をとるでもなく、沈黙を気にするでもなくハンドルを操り続けた。

気づくと実家を出てからだいぶ時間が過ぎていて、久子たちが心配をしているのではないかと思ったけれど、いつも通りのTシャツにデニムという格好のまま連れ出されたから、もちろん携帯など持っているはずもない。

一瞬だけ三芳に携帯を貸して欲しいと頼もうかと迷ったけれど、それも悔しくて口にすることができなかった。

黙《だん》りを決め込《ま》んだ真衣を乗せた車は、薄暗くなり始めた頃にホテルの前で停車し、待機していたベルボーイが飛んできてドアを開けた。

「いらっしゃいませ」

さすがの真衣もずっと同じ体勢で座っていたので、身体が痛い。

でもここで降りたら三芳の思うつぼだという気がして、真衣はベルボーイから顔を背けた。

すると運転席から回ってきた三芳がベルボーイに車のキーを預けると、ドアを押さえるようにして助手席を覗き込む。

「まだ拗ねてるの？」

途中サービスエリアで休憩をしたときに、拗ねて車から降りなかったことを指しているのだろう。

「……家に帰りたいの」

「無理だよ。もうキーは僕の手の中にない」

そう言いながら真衣のシートベルトを外してしまう。

「じゃあ五秒待とう。それでも自分で降りる気にならないなら、みんなの注目を集めながらロビーを横切る羽目になると思うよ」

「……なに？」

真衣は三芳がなにをするつもりなのかわからず、その顔を探るように見た。

「一……二……」

「注目を集めるって」

「三……僕が君を抱き上げて運ぶってことだよ。……四。さあ、どうする？」

ドアの外ではベルボーイが二人のやりとりを見守っている。必死に興味のない顔を装っているが、その目に浮かんだ光は明らかに楽しげだ。

「五！」

「降りる！　自分で降りるから！」

真衣は悲鳴のように叫ぶと、今にも真衣を抱き下ろそうとして伸ばされた腕を押しのけた。

「いらっしゃいませ」

ベルボーイが改めてそう口にしたとき、今度は上品なスーツを着込んだ男性が自動ドアから飛び出してきた。

「晃樹さま、いらっしゃいませ。お待ちしておりました」

「やあ、大久保《おおくぼ》さん。突然悪かったね。こちらは渡瀬ワイナリーのお嬢さんで、うちの畑も見てもらおうと思ってお連れしたんだ。よろしく頼むよ」

「渡瀬さま、はじめまして。私こちらの支配人をしております。大久保でございます。本日はようこそおいでくださいました」

丁寧に頭を下げられ、真衣も仕方なく頭を下げた。

「お世話になっております。渡瀬です」

「晃樹さま、すぐにワイナリーを見学なさいますか？」

「いや、もう暗くなるし、長時間のドライブで彼女も疲れているからすぐ部屋に。明日にでも見学に行くと伝えてくれないか」

「かしこまりました。それでは早速お部屋へ」

支配人に指示を出す三芳は真衣の知っている天然のお坊ちゃんというより、若き統率者としての威厳がある。

不覚にもその姿に見とれていた自分に気づき、真衣は慌ててその考えを打ち消した。

てっきりフロントでチェックインの手続きなどをするのかと思っていたけれど、すぐにエレベーターに乗せられ、部屋へと案内された。オーナーの息子にはそんな一般人の煩雑な手続きは必要ないらしい。

支配人自らの案内に、部屋に入りたくないとは言えず、真衣はずっと笑みを浮かべて自分を見つめている三芳を睨みつけながら、部屋に足を踏み入れた。

「わ……」

思わず声を漏らしてしまうほど雄大な景色が目の前に広がる。

入ってすぐに大きな窓があり、そこからブドウ畑が一望できる。真衣は興味をそそられ窓に近づくと、夕暮れのブドウ畑を見下ろした。

ホテルが一番の高台のようで、ホテルの側にはチャペルやテニスコートなどがあり、その道筋の奥にはまるでお城のような石造りの建物があった。

「……あれは、ワイナリーの見学者用のレストランや売店が入った建物だよ」

いつの間にか側に来ていた三芳が、指さして教えてくれる。

そういえば入社当時研修資料として写真は見たことがあったけれど、ここまで立派なものだとは思わなかった。

「お夕食はいかがなさいますか？」

「そうだな……レストランでもいいけど」

三芳の言葉に真衣は慌てて首を横に振った。

普段着の着古したTシャツとデニムで、こんな素敵なホテルのレストランで食事などしたくない。真衣の意図がわかったのか、三芳が小さく頷く。

「彼女は部屋がいいみたいだ。あとで電話するよ」

「では、ウェルカムドリンクを」

するとドアの外に待機していたのかボーイがワインクーラーとグラスの載ったカートを押して部屋の中に入ってきた。

「渡瀬さま、こちらはうちで造っているスパークリングワインです。お口に合えばよろしいのですが」

支配人の合図でボーイが栓を抜き、背の高いフルートグラスにピンク色の液体を注ぐ。

「あとは自分たちでするからいいよ」

「かしこまりました」

三芳が微笑むと、支配人とボーイは礼儀正しくお辞儀をして部屋を出ていった。

真衣は目の前のグラスの中で弾ける泡を見つつ、自分が三芳に腹を立てていたことを思い出した。

でもいつの間にか毒気を抜かれて、怒鳴りつけるほどの気力もない。

「……どうしてこんなところに連れてきたの？」

「やっと二人きりになれたね。とりあえず座って乾杯しよう」

何に？　そう問いかけたかったけれど、疲れ切っていた真衣は素直にソファーの端に腰を下ろした。

「どうぞ」

三芳は真衣にグラスを手渡すと、当然のように自分もその隣に座る。

ちょうどあの東京の夜、二人でミモザを飲んだときのような距離に、真衣は既視感を覚えた。

「乾杯」

「……」

小さくグラスをかかげてから、グラスに口を付ける。すぐに口の中に弾ける泡の感触とフルーティーな香りが広がって、真衣は目を見開いた。

「おいしい」

渡瀬ワイナリーの味とは違うけれど、甘みが苦手な人にもさっぱりとして飲みやすい。

「どう、真衣の家のワインと比べて」

「う、ん……すっきりして軽やかな口当たりだけど、少し重みが足りないかな。でもうちはスパークリングを造ってないし、好みもあるでしょ」

「その通り。ここは土が違うから、どうしても重みのある味を出せるブドウの栽培に向かないらしい」

確かに真衣の家の畑でも、場所によってブドウの出来が違う。土の種類や、水はけによっても微妙に味が変わってくる。

「どちらかというと、ここは観光客向けのワイナリーなんだ。ホテルに宿泊して収穫体験をしたり、結婚式をあげたりとかね」

「つまりうちとは、対象としているお客様が違うってことね」

どうしてすでにワイナリーを所有している三芳が真衣の家のワインを扱いたがっていたのかわかった気がした。

だからといって、そのためにこんなところまで連れてこられる必要はあったのだろうか？

「それはわかったけど……それじゃ、私をここまで連れてきた答えになってない」

真衣が口をへの字に曲げたのを見て、三芳が小さく笑い声をあげた。

「言っただろ。二人きりになりたかったって。それから君が簡単に逃げ出せない場所に連れて行きたかった」

「……え？」

「いつ返事を聞かせてもらえるかと思って楽しみにしてたんだけどな」

真衣を見つめる三芳の目が急に甘く揺れて、真衣の鼓動が速くなった。

「な、なんのこと？」

「昼間のプロポーズの返事だよ」

「あ、あれはっ!!」

三芳が久子や真一の前で口にしたとんでもない発言のことを思い出し、真衣は真っ赤になった。

「それに、君がどうして僕から逃げ回っていたのかも知りたいな」

三芳が身を乗り出してきたような気がして、真衣は身体をずらす。でも最初からソファーの端に座っていた真衣は、すぐに背中が肘掛けに当たりそれ以上動けなくなった。

「真衣?」

「だって……三芳さんが私なんかに本気になるわけがないじゃない」

「どうして?」

「私が契約に反対してたから、なんとか同意させようとして機嫌をとったんでしょ。そうじゃなかったら三芳さんみたいな素敵な人が私を相手にするわけない」

三芳はなぜか嬉しそうに唇の両端をつり上げる。

「少なくとも僕のことを素敵だとは思ってくれているんだね」

「……っ!」

どうしてこの人の前だと自分のペースで話せなくなるんだろう。三芳にはどんな言葉も簡単にあしらわれて、まるで無力な小さな子どもにでもなったような気分にさせられる。

「プ、プロポーズなんて本気じゃないくせに!」

真衣の言葉に、三芳は眉を上げた。

「どうしたら本気だってわかってくれるのかな。ひざまずいて百回君を好きだと言えばいい? それとも大きな石のついた指輪を用意した方がいい?」

「そ、そんなことしなくていい……っ」

今にも本気でひざまずきそうな勢いに、真衣は慌てて首を横に振った。

三芳はその真衣の仕草にクスクスと笑いながら、身を乗り出して真衣の手を自分の方に引き寄せる。

「僕は真衣が欲しい」

その優しい仕草に、真衣は逃げることも忘れて三芳の顔を見つめた。

「ずっと側にいて欲しいし、君以外……こんなに欲しいと思った女性はいない」

本当は初めて会ったときから、こうなることを待ち望んでいたのかもしれない。

でも出会った頃や初めてベッドをともにしたときに「好き」だの「愛してる」と言われても、それこそ自分をベッドに誘い込むための戯れ言だと思って本気にしなかっただろう。

「でも、私たちじゃ……育った環境や生活が違いすぎる」

三芳はライジングホールディングスの御曹司で、自分は田舎のブドウ園の娘だ。世が世なら身分違いと言うのだろうが、二人が一緒にいる姿など生活レベルが違いすぎて想像できない。

「別になにも変わらないよ。真衣は今まで通りの真衣でいい」

三芳が少しずつ身を寄せてきて、今にもその胸の中に倒れ込んでしまいそうなほど近くに来ていた。

三芳の手の熱が伝わってきて、真衣はそこから自分の心臓の音が三芳にも伝わっているのではないかと心配になる。

「でも……」

「真衣がほんのひとかけらでも僕のことを好きだって思ってくれるなら頷いてくれるだけでいい。僕は絶対に真衣の手を離したりしないから」

ゆっくりと真衣の手を持ち上げ、そこに三芳が自分の唇を押しつけた。

「ん……っ」

まるで火傷でもしたように手の甲が熱い。ヒリヒリとした痛みが、身体中に広がって息苦しくて仕方がない。

三芳がここまで言ってくれているのだから、もう降参したらいい。認めたくはないけれど、本当は初めて会ったときから三芳に惹かれていたのだから。

でも今までこんなに意地を張っていた自分を簡単にさらけ出すなんてできそうにない。

三芳は上目遣いで真衣を見つめながら、手の甲だけではなく指先や手のひら、手首へと次々と唇を押しつけていく。

そのたびに真衣の身体がビクビクと震えて、それを誤魔化すように首を竦めるしかなかった。

「真衣、愛してる。僕のものになって」

甘い囁きに頭の芯まで蕩けてきて、もうなにも考えられない。それに早く三芳にキスをして抱きしめられたい。

真衣は首を竦めたまま、小さく小刻みに頷いた。

「……好き」

「真衣？」

赤くなった顔をのぞき込まれて、真衣は目の前の広い胸に額を押しつけた。

「本当は好きだったけど……どうしていいかわからなかった」

そう口にした瞬間、真衣の胸を縛り付けていたなにかが解けて、胸のつかえがとれたように呼吸が楽になる。

相変わらず心臓は全力疾走でもしているようにドキドキと音を立てていたけれど、今の方がずっと楽だ。

気づくと三芳は真衣の身体を抱きしめていて、真衣はまるで安全な巣の中に逃げ込んだ雛鳥のように守られている気がして、自分もその身体に腕を回した。

「好き。大好き」

今まで我慢していた分の気持ちが溢れ出して、何度も同じ言葉を繰り返す。

もっと早く、こうして素直になればよかったのに。真衣がうっとりとその胸に身体を預けていると、頭の上で三芳が不満の声を上げた。

「真衣、すごく嬉しいんだけど……ちょっと困るな」

「え？」

身体を起こしてその顔を見上げると、その眉間には言葉の通り困ったようにしわが寄せられている。

「このままじゃキスもできないよ」

「……っ」

恥ずかしさに顔を伏せようとした真衣の唇を三芳のそれが塞ぎ、そのままバランスを崩して二人は肘掛けに身体を預けるように倒れ込んだ。

「んっ」

まるで今まで我慢していたものをすべて注ぎ込むような情熱的な口づけに、くらくらと目眩がする。

「ん……ぁ、ふ……ぁっ」

繰り返される深いキスに自然と息が乱れて、まるで水に溺れているような気分になる。

息苦しさに小さく頭を振ると、キスで腫れた下唇を甘嚙みされ、真衣はその刺激に頭を大きく仰け反らせた。

「……真衣」

「あ……」

熱い息を吹きかけるように顎の下に唇が押しつけられる。舌先で擽るように舐められて、真衣の身体が震える。

いつの間にか手のひらがTシャツの上から柔らかな胸の膨らみを覆っていることに気づき、真衣は慌てて三芳の胸を押し返した。

「ダ、ダメ……」

「……どうして？　もう待てない」

「ち、違うの」

顔を曇らせる三芳に、真衣は頬の熱さを感じながら首を横に振った。

「……シャワーを」

今日は朝から気温が高く、汗も掻いている。着替えひとつ持ち合わせていないのだから、せめてシャワーぐらい浴びさせて欲しい。

「僕は別に気にしないけど」

「私が気にするの！」

今にも顔を近づけて匂いを嗅ぎそうな三芳を、真衣は真っ赤な顔で押し返した。

「じゃあ五分だけ」

「五分⁉」

「それ以上は待てないからね」

三芳は自信たっぷりに微笑んだ。

「そんなの無理に決まってるじゃない！　シャワーぐらいゆっくり」

「あと、四分五十秒」

「ちょっと！」

「ほら、バスルームはあそこだよ。あと四分四十五秒」

本気でカウントを始められ、真衣は慌ててバスルームに飛び込んだ。

入ってきたときは景色にばかり気を取られて部屋の中を見ていなかったが、どうやらスイートルームのようで、バスルームは真衣が今まで泊まったことのあるホテルのどれよりも広い。

どうやら、というのはスイートルームになど泊まったことがないからだ。

バスルームの中は入ってすぐに白い石造りの洗面台があり、奥のバスタブとシャワールームがガラスで仕切られている。

できれば白い猫足のバスタブに浸かりたいところだが、真衣は諦めて着ていたものを脱ぎ捨てるとシャワールームに飛び込んだ。

髪を頭の上でまとめて、シャワーのコックを捻る。すぐに熱い湯が飛び出してきて、真衣の少し日に焼けた肌を打った。

そして三芳のためにいそいそとシャワーを浴びている自分がなんだか恥ずかしくなる。

気がつくと三芳のペースで、どんなに抵抗してもいつのまにか彼の思い通りにされてしまう。でもいつでも自分の思い通りになると思ったら大間違いだということを教えた方がいいかもしれない。

いっそ今からバスタブにお湯を溜めてゆっくり浸かって彼を焦らしてやろうか。真衣がボディーソープを泡立てながら、そんな不遜なことを考えていたときだった。

バスルームの扉が小さく音を立てたけれど、シャワーの音にかき消され真衣の耳には届かない。

だから突然間近で声をかけられて、真衣は悲鳴を上げた。

「真衣、時間だよ」

「きゃっ!!」

驚いて振り返ると、ガラスドアに手をかけた三芳が一糸まとわぬ姿で立っている。真衣は慌てて泡にまみれた身体を隠すように自分を抱きしめた。

「な、なにやってるの!?」

「五分だけ待つって言っただろ。時間だから来たんだよ」

驚いてその場から動けない真衣を、三芳は素早い動きでその腕に抱き取ってしまった。

「や……待って!」

後ろから抱きしめられる格好にジタバタともがいてみたけれど、力強い両腕が身体に巻き付きそれを許さない。

「ダメ。もう待てないよ」

真衣の濡れた素肌に三芳の身体がぴったりと張り付き、まとっていた泡がヌルヌルとした、なんともいえない刺激を伝えてくる。

「……真衣が悪い」

そう呟くと、三芳は首筋に顔を寄せ水滴を舐めあげた。

「あ……やぁっ、まだ、途中……なのに……っ」

「僕がきれいにしてあげるから大丈夫」

耳たぶを甘噛みしながら囁かれ、手のひらが無防備な胸の膨らみを包み込む。

硬くなり始めた頂を指で摘《つま》まれ、コリコリと揉みほぐされる。

ボディーソープの泡のせいなのか指は滑らかに滑り、真衣の官能をかき立てた。

「んっ……やぁ……ん」

「さっきのキスでこんなになったの？」

「ち、違う……っ、あっ」

「でもほら……もうこんなに硬くなってる」

真衣の嘘を正すように硬い凝りを押しつぶされて、その刺激に足がガクガクと震えてしまう。

手のひらが引き締まったウエストをなぞり、足の付け根へと這わされる。

「ここは洗ったのかな」

「い、いいっ……自分で……するから」

すでに蕩け始めた場所に気づかれたくない。真衣は小刻みに首を振ったけれど、三芳がそれを許してくれるはずもない。

「あっ」

バランスをとるために少し開いた下肢に指先は容易に滑り込み、無防備になった花びらに指先が這わされる。

ボディーソープとは違うヌルヌルとした指の動きが恥ずかしくて首を竦めると、耳元で三芳の楽しげな声が聞こえた。

「いつもはどうやって洗うの？　自分の指で中まできれいにしてるのかな」

「そ、そんなことしない……っ」

真衣は思わずその腕をふりほどこうとしたけれど、逆に壁際に身体を押しつけられてしまった。

「や……んっ」

火照った肌にひんやりとした壁の感触。まるで逆上《のぼ》せてしまったかのように頭の中にもやがかかって、なにも考えられなくなる。

三芳の手は滑らかに真衣のヒップを撫でて、再びすっかり潤んでしまった足の付け根に潜り込んだ。

「あ……っ」

「ほら、どんどん溢れてくるよ」

甘い声で囁かれ、真衣は壁に上半身を押しつけたまま身体を震わせることしかできない。

初めてベッドをともにしたときにも感じたけれど、自分に触れるときの三芳は優しいのに、普段より少し強引な気がする。

自分勝手な男性の傲慢さとは違い、いつもの三芳より男らしい強引さがなぜか魅力的に感じてしまう。

「や……ぁ」

蜜が溢れ出した花びらに長い指先が這わされ、重なりあった秘唇をめくる。目に見えないのに脳裏には三芳の白い指が動き回る様が浮かんできて、真衣はその動きに抵抗できない自分が不甲斐なかった。

指先が硬くなった花芯を掠めて、そのたびに真衣の身体がビクビクと痙攣を繰り返す。

三芳の指はわざと焦らすように花芯の周りをくるりと撫でては離れていく。真衣が自分から欲しがるのを待っているようだ。

「真衣、腰が揺れてるよ」

「……っ」

太い腕が、くねくねと誘うように腰を揺らす真衣の身体を押さえつけ、後ろから片手で胸を揉みしだかれる。

「は……ぁっ、あ……んん……っ」

「ここも下と同じぐらい硬くなってるね」

指先が胸の尖りをくにくにとこね回す。

「や……そういう、こと……言わないで……」

「どうして？」

こちらこそ、どうしてそんな恥ずかしいことを口にできるのかと聞き返したい。

「ここ、気持ちがいいんだろ」

三芳はそう囁くと胸の頂と花芯を一緒に刺激し始めた。

「や、や……ぁっ……は……ン！」

突然与えられた刺激に、身体の奥から熱いものがせり上がってくる。下肢が痺れて床を踏みしめていた足がガクガクと震えてしまう。

「や……もっ……やめ……っ」

三芳の手の中から逃れようともがいても、逆に身体を壁に押しつけられ、ヒップのあたりに三芳の熱い高ぶりを感じてしまい、その硬さに目眩を覚えた。

真衣をなぶる手に力がこもり、さらに強く花芯をグリグリと押しつぶされる。

「……あ……ああっ……やぁっ」

痛いぐらいの刺激なのに身体はそれを快感として受け止め、真衣を愉悦の高みへと押し上げていく。

「や……ダメダメ……っ……ああっ！」

目の前にチカチカと星が飛び散るような感覚に、真衣はくずおれそうな身体をシャワールームの壁に押しつけた。

「……はっ……あ……っ……はぁ……」

シャワーは相変わらず熱い湯をほとばしらせ、湯気で息苦しいほどだ。三芳は苦しげに喘ぐ真衣の身体を自分に向き直らせると、その唇を塞ぐ。

さっき触れたときはひやりとしていた壁が、今は真衣の体温が移ってしまったのか熱い。

三芳のキスも熱を帯びていて、真衣は壁に身体を預けながらそのキスを受け止めた。

達したばかりの身体は、舌を絡めた深いキスすら新たな快感として全身に広がっていく。

「……真衣」

唇の上で何度も名前を囁かれ、真衣もそれに応えるように三芳の首に自分の腕を巻き付けた。

「ん……ふ……んん……っ」

初めは強引にシャワールームに入ってきた三芳に動揺していたはずなのに、今は彼にもっと触れて欲しくてたまらない。

いっそ常識や羞恥心など忘れてしまうほどめちゃくちゃに抱いて欲しいとすら思ってしまう。

真衣の想いに応えるように三芳の指が下肢に潜り込み、淫らな蜜が溢れる花びらの奥へと突き立てられる。

「ふ……んっ……っ」

「真衣、もう中も蕩けてる。もう指一本じゃ足りないだろ?」

ぬるん、とした独特の刺激に肩口を揺らすと、三芳が小さく笑いながら下唇を甘噛みした。

「ほら……」

狭い蜜口を押し開くように指がもう一本挿し込まれ、その刺激に真衣は背筋を震わせた。

「ああ……っ……んぅ」

くちゅくちゅと粘着質な水音をさせて、骨ばった指が抜き挿しされる。そのたびに敏感になった花芯を擦られ、身体の奥から新たな熱が生まれてくる。

「も……や……ぁっ」

「僕の指をこんなに締め付けてるのにイヤなの?」

揶揄するような甘い声に、身体の奥が悲鳴を上げる。胸の奥にキュンとした痺れが走って、声だけで官能を揺さぶられるような気がした。

三芳は真衣の反応を楽しむように首筋に舌を這わせながら、指の動きを速める。

「は……ぁあっ……んぅ……っ」

このままではまたすぐに達してしまいそうだ。いつから自分はこんなに敏感で淫らな身体になってしまったんだろう。

三芳に触れられると肌が震えて、微熱でも出たかのように頭の中がぼんやりして、なにも考えられなくなってしまうのだ。

少しずつ足に力が入らなくなり、壁と三芳の身体に挟まれ辛うじて首にぶら下がっている真衣を、三芳が優しく揺すり上げる。

「真衣？　平気？」

真衣が子どものように小さく首を振ると、三芳は仕方なさそうに真衣の中から指を抜いた。

「……あっ……ン」

急に快感を取り上げられた真衣が情けない声を上げると、三芳が苦笑しながら額に唇を押しつける。

「そんな顔しなくても、続きは向こうでしてあげるから大丈夫だよ」

そう言いながらほとんど消えてしまった泡をシャワーで洗い流すと、真衣の身体を軽々と抱き上げた。

自分はそんなに物欲しそうな顔をしているのだろうか。

真衣が恥ずかしさに俯いている間に身体にバスタオルが巻き付けられて、ベッドルームへと運ばれてしまった。

いつの間にか窓の外は暗闇に変わっていて、真衣をベッドに横たえると三芳がベッドヘッドの明かりをつける。

オレンジ色の優しい光に照らし出された三芳の横顔に、真衣はなぜか切なくなった。

彼のことが好きすぎて苦しい。

「真衣?」

そう名前を呼ばれて瞳の中をのぞき込まれるだけで、すべてを彼の前に投げ出してしまいたくなる。

優しく口づけられ、真衣はその首にしがみついた。太股に三芳の硬い高ぶりを感じて不思議なぐらい気持ちが急く。

「好き……三芳さんが、欲しい……」

「僕も好きだよ」

その言葉に真衣が自分から身体を押しつけると、三芳はなぜか小さく首を横に振りながら身体を起こした。

「……三芳さん？」

「まだお預けだよ。さんざん焦らされたんだ。もっとカワイイ真衣を見せてくれないとご褒美はあげられないな」

「……」

ご褒美という言葉が妙になまなましく聞こえる。性的な意味でとらえなければどういうことのない言葉なのに、真衣は意味を想像して頬を赤く染めた。

「真衣、ご褒美が欲しくない？」

恥ずかしさにふるふると首を横に振ると、三芳は手を伸ばして頭の上でまとめられていた真衣の髪を解いて、指先で撫でるように梳《す》く。それからゆっくりと真衣の首筋に顔を埋めた。

「じゃあもう少しかわいくなってもらおうかな」

「や……ん……ぁ」

柔らかな唇の感触と熱い吐息。鳥肌が立ってしまいそうなゾクゾクとした刺激に、真衣は頭を仰け反らせた。

早くこの火照った身体を満たして欲しいのに、三芳はゆっくりと丹念に真衣の身体にキスを落としていく。

初めての夜の時と違うのは、三芳が時折強く肌を吸い上げ、まるで自分のモノだというように印をつけていることだ。

「あ……んん……っ」

もちろん無防備に勃ちあがった赤い膨らみも例外ではない。

柔らかな胸の膨らみに骨ばった指を食い込ませ、硬くなった突起に舌を這わされる。

三芳の舌はまるで意志を持っているかのように巧みに動き、優しく輪郭をなぞったかと思うと舌先が尖端を強く胸の中へ押し込めた。

「ん……ぅ……はぁ……っ、ダメ……ぇ」

真衣の身体を甘い疼きが支配して、快感を逃がすようにシーツに背中を押しつける。

「なにがダメなの？　これじゃ物足りない？」

違うとわかっているのに、三芳は口を大きく開いて赤い尖りを生温かい口腔へと迎え入れ、さらに乱暴に吸い上げ始めた。

「あっ……ちが……っ、あっ……ああっ」

思わず抵抗しかけた手首をやんわりと押さえつけられ、硬く尖った両胸の頂は腫れ上がるまで唇と舌でなぶられてしまう。

こんなふうに時間をかけて愛撫をされるのは嬉しいけれど、熱くなった身体がもどかしくて変になってしまいそうな気がする。

熱くなった下肢が疼いて、真衣は焦れたように腰を揺らした。

「まだ足りないの？」

大きな手が腹部の丸みを撫でて、濡れそぼった花びらに伸ばされる。すぐにくちゅくちゅと淫らな水音が聞こえてきて、恥ずかしさに顔を覆いたくなった。

自分はこんなにも三芳を欲しがっている。もちろん真衣の身体の変化で三芳にもそれは一目瞭然なのに、わざと焦らされているのだ。

「も……もぉ……いいから……っ」

早く満たされたい。もう頭の中はそれだけでいっぱいだった。

三芳の考えていることはわかっている。この前のように真衣からおねだりをさせて、降伏させたいのだ。

普段の穏和な三芳からは想像できないけれど、実は征服欲が強いタイプなのかもしれない。

思わず顔をしかめて不満を露わにすると、三芳は笑いながら真衣に口づける。

「またそんな顔をする。そんな顔をされたらもっといじめたくなるだろ」

「……もうっ……あっ」

三芳が笑いながら真衣の両足を大きく開き、体重をかけるように腰を押しつけてくる。

「真衣が欲しいのはこれだろ？」

蜜口に熱い屹立を押しつけられて、真衣は小さく息を呑んだ。

「本当は僕ももう……我慢できない」

「……っあ……っ」

ぐーっと押し開くようにして、燃えるような熱が真衣の身体を貫いていく。

「は……あぁ……あ……ぁ……」

真衣の小さな唇から、声にならない声が漏れる。待ち望んでいた熱に満たされる満足感と新たな疼きが広がって、真衣は腕を伸ばして三芳の広い肩にすがりついた。

「……真衣」

そう口にした三芳の声も少し掠れている。

二人の身体が髪一筋入る隙間もないほどぴったりと寄り添い、お互いの体温を重ねあう。身体だけではなく心まで満たされた充足感に真衣は吐息を漏らした。

どうして今まで三芳なしでやってこれたのだろうと思ってしまうほど、彼の存在が愛おしい。

欠けていたパズルのピースが埋まったような不思議な気持ちで、ずっとこうして抱き合っていたいとすら思える。

言葉にできない愛おしさに、真衣は三芳の首筋に唇を押しつける。すると三芳がうめくような声をあげ、身体を起こして真衣を見下ろした。

「真衣……あんまり煽らないで。冷静じゃいられなくなるよ？」

「……え」

三芳が冷静でなくなるところなんて想像できない。いつも余裕たっぷりで真衣をドキドキさせたりイライラさせるのが普通なのに。

今だってずっと三芳のペースで、もどかしさを味わっているのは真衣の方だ。

「……うそ。三芳さんがそんなふうになることなんて」

真衣が小さく笑いを漏らすと、三芳が口の両端をつり上げて意味深な笑みを浮かべる。

「……そう思うなら試してみる？」

少し掠れたその声は妙に色っぽくて、真衣は小さく息を呑んだ。

三芳は真衣の顔を見つめニヤリと唇を歪めると、両足の膝裏に手を差し入れ、身体に押しつけるように両足を大きく持ち上げ乱暴に腰を押しつけた。

「あ……っ」

お腹の奥に鈍い衝撃が走り、真衣の胸の膨らみが大きく波打った。

「真衣が感じやすいのは……どこだった？」

あの夜を思い出させるような言葉が恥ずかしい。

「……そういうこと、言わないで……っ」

「もう忘れちゃった？」

三芳が深く挿入したまま大きく腰を押し回し、真衣の身体がビクビクと震える。

「……は……んんっ……」

「じゃあ思い出して」

そう呟くと、三芳は真衣の両足を横抱きにして倒し、そのまま身体をうつ伏せにしてしまった。

身体の中で雄芯が内壁を擦りながらぬるりと動く感触に身体が震える。真衣が驚いているうちに、三芳は両手で腰を引き上げた。

まるでいじめて欲しいというように、自分から腰を突き出している格好に羞恥心が騒ぎ出す。

「や……こんなかっこ……この前は、してない……」

「ああ、覚えてたんだね。僕のことなんてすっかり忘れたんだと思ってたよ」

男性にあんなふうに優しく、激しく抱かれたのは初めてだったのに忘れるわけがない。

彼なりに真衣に逃げ回られたことを揶揄しているのだろう。

「僕は……ずっと真衣が欲しかった」

三芳は後ろからのしかかるように真衣の身体を押さえつけると、胸の膨らみをすくい上げた。

胸の弾力を楽しむように柔やわと指が食い込み、胸の頂を摘まみ上げられる。

「やぁっ、んっ」

二本の指腹で膨らんだ尖端を擦られ、下肢にキュンとした痺れが走る。

「ここも好きなんだ。中が急にきつくなったよ」

感じていることに気づかれて、身体の奥がいっそう疼くような気がした。

もっと奥まで、深くめちゃくちゃにされたい。そんな願望が頭の隅をよぎり、真衣はどうしていいのかわからなくなる。

それなのに、三芳は真衣の胸を弄ぶのが楽しいのか、一向に腰を動かそうとはしてくれない。

いい加減焦れに焦れた真衣の身体は悲鳴を上げていた。

「真衣、また腰が揺れてるよ。どうして欲しいの？」

「……っ」

「ほら、言って。真衣に……僕が欲しいって言って欲しいんだ」

背中に唇を押しつけられ、快感に飢えた身体がそれだけで跳ねてしまう。

「真衣」

耳元で甘く囁かれて、もう我慢できそうにない。

「……欲しい、の。ずっと……欲しかっ……た」

震える声で呟いた瞬間肩を甘噛みされ、真衣は身体をぶるりと震わせた。

「あっ……ン！」

「カワイイ声。もっと聞かせて」

言葉と一緒に雄芯が勢いよく引き抜かれて、それ以上の力で突き上げられる。

「……ひぁ……っ」

突然与えられた愉悦に、真衣は嬌声を上げながら目の前のシーツにしがみついた。そうしていないと身体が快感でバラバラになってしまいそうな気がしたのだ。

「ん……ふぁ……あっ、ああっ……」

もちろんその行為は一度だけでなく、何度も最奥を抉るように繰り返される。

腰を押し回されるたびに頭の中が真っ白になって、快感を通り越して自分がどうなってしまうのか怖い。

シーツに押しつけられた胸の尖端は、先ほど丹念に愛撫されたせいで敏感になりすぎていて、身体を揺らすたびにこすりつけられ、疼くように痛い。

「ん……くっ……はぁ、んん……っ」

まるで子猫が鳴くように鼻を鳴らす真衣の身体を、硬さを増した雄芯が突き上げる。

とどまることのない嬌声が恥ずかしくて、真衣は無意識に拳を口に当てながら、顔を傾けて三芳を見上げた。

「や……ダメ、あっ、そんなに激しく……しちゃ……ぁっ」

「そんな蕩けた顔で言われてもやめられないよ」

三芳は息を弾ませながら真衣の身体を横に倒して、両足を抱えたまま律動を激しくする。

「やっ、あっ、はん……っ……あっ！」

身体の位置が変わったことで真衣の身体を新たな快感の波が襲い、喘ぎ声がいっそう高くなる。

身体の中の熱が大きくなって、今にも弾けてしまいそうだ。

「あっ……や……これ以上したら……、おかしく……なる……っ」

「いいよ、おかしくなって。もう僕は真衣に夢中だから、真衣のすべてを知りたい」

掠れた三芳の声に、辛うじて残っていたはずの理性も吹き飛び、真衣はその荒波に身を委ねてしまった。

疼痛にも似た、堪えきれない痺れが下肢からわき上がってくる。

「あ、あ、ああっ！」

ガクガクと腰を震わせながら、真衣は身体を駆け抜ける甘美な愉悦に身を任せた。

カチャカチャと食器が触れあう音がした気がして、真衣は重たい瞼をゆっくりと開けた。

オレンジ色のライトに照らされた見たことのない空間に、真衣は一瞬自分がまだ夢の続きでも見ているのかと目を閉じる。

するとと今度ははっきりとグラスの触れあう音がして、ぱっちりと目を見開いた。

「あ……」

身体に巻き付いた上掛けの中で寝返りを打つと、反対側には誰かがいた痕跡を残すような乱れたシーツが見えた。

そこでやっと自分は三芳に連れてこられたホテルの一室のベッドの上にいることを思い出した。

時間はわからないけれど、少し前までここで三芳に激しく抱かれたのだ。その行為を思い出しただけで羞恥で顔が火照ってくる。

真衣は恥ずかしさを堪えながらベッドの上に起きあがり、あたりを見回した。

シャワールームからそのままベッドに運ばれてしまったから、着るものがない。真衣は考えた末、ベッドの足下の方に丸まっていたバスタオルを身体に巻き付けて、リビングへと通じる扉をソッと押した。

「……」

ソファーにはバスローブ姿の三芳がいて、ちょうどボーイらしき男性がカートを押して出て行くところだった。

真衣は自分の格好を見下ろして、入り口のドアが閉まったことを確認してから、寝室の扉を開いた。

その気配に気づいた三芳が顔を上げ、視線で真衣をとらえると、いつものように優しく微笑んだ。

「目が覚めた？　おなかが空いたんじゃない？」

そういえば朝食を食べてから、ウェルカムドリンクのスパークリングワイン以外なにも口にしていない。

ホテルに着いたのは夕方だったけれど、そのあと三芳に抱かれて眠ってしまったから、時間の感覚がないのだ。

ルームサービスを届けてもらえる時間だということは、辛うじて日付は変わっていないのだろうか。

「……今、何時？」

「十時を少し回ったところかな。食事をしてからもう一回寝る時間はあるよ。それよりその格好は魅力的すぎるから、バスローブでも着ておいで」

その言葉に、真衣は自分がバスタオル一枚だったことを思い出して、慌ててバスルームに飛び込んだ。

バスローブを羽織ってリビングに戻ると、三芳がワインの栓を抜いているところだった。

「ディナーには遅すぎるから軽食とワインを頼んだんだけど、よかったかな？」

真衣は頷いて三芳の隣に腰を下ろした。

「それもここのワイン？」

「そう。飲んでごらん」

三芳は慣れた手つきでワインを注ぐと、グラスを手渡した。

「ありがとう。喉が渇いてたの」

そう答えた声は掠れていて、三芳との恥ずかしい行為を思い出させるような気がして、真衣は勢いよくグラスに口をつけた。

よく冷えた白ワインはするりと喉を滑り落ち、火照った身体を冷やしてくれる。喉も渇いていたから一気にグラスの半分ほどを飲み干してしまった。

「そんなに一気に飲んで大丈夫？　ほら、顔が赤い」

心配そうに顔を覗き込まれてまた頬が熱くなった。でも別のことで顔が赤いという理由に気づかれるよりはワインのせいにした方がマシだ。

「へーき。そんなにお酒が弱くないって知ってるでしょ」

「でも、なにも食べてないときは別だよ」

三芳は皿を手にすると、テーブルの上の料理をいくつか取り分けて真衣に手渡した。

「ほら、ちゃんと食べて」

まるで子どもの世話でもする母親のようだと苦笑した瞬間、真衣は実家のことを思い出した。

「ヤダ……お母さんに連絡してない」

昼前にワイナリーを出たから、もうほぼ半日行方知らずということになる。しかも携帯電話は家に置いてきてしまったし、さすがの久子も心配しているはずだ。

「それなら大丈夫だよ。僕が連絡をしておいたから」

「え?」

部屋の電話を探して腰を浮かしかけた真衣の腕を三芳が摑み、ソファーへと引き戻す。

「い、いつ?」

ずっと二人でいたのだから、そんな暇なんてなかったはずだ。

「ここに来る途中、サービスエリアに寄っただろ? 真衣は絶対降りないって言い張って車の中にいたけど」

そういえば、一度だけ高速道路のサービスエリアに止まったけれど、三芳に腹を立てていたからいいなりになるのが悔しくて、車の中から動こうとしなかったのだ。

「……お母さんになんて言ったの?」

真衣は探るように三芳の顔を見た。今日の事務所での爆弾発言を考えたら、また余計なことを言ったかもしれないと思ったのだ。

「知りたい?」

そう言って唇を歪める三芳は、真衣の考えがお見通しだという顔だ。

「へ、変なこと言ってないでしょうね？」

「変なことってどういう意味？　今夜は真衣さんをお預かりしますって言っただけだよ」

それは一緒にどこかに泊まると聞こえてしまう、誤解を生む言い方だ。実際には誤解ではなく、少し前まで一緒のベッドにいたけれど、もう少しオブラートに包んだ言い方があるはずだ。

「もうっ！　勝手なことしないで！」

真衣は苛つきながら手にしていた皿をテーブルの上に置き、三芳を睨みつけた。本当なら皿を三芳に投げつけてやりたいほど腹が立っていた。

「真衣、冗談なんだからそんなに怒らないで。真衣は怒っている顔もカワイイけど、今夜は笑っている顔が見たいな」

三芳は優しく微笑むと、真衣の身体を引き寄せ、自分の足の間に座らせた。

「ちょっと」

後ろから抱きすくめられるような格好に、真衣の頬が自然と赤らむ。

「真衣とは喧嘩をするよりこうやってイチャイチャしたい」

肩口に顎を乗せられ、真衣は諦めのため息をついた。

自分だって三芳と喧嘩をしたいわけではない。三芳相手だとつい素の自分が出て、本音を口にしてしまうのだ。

本当は聞きたいことだってたくさんあるし、せっかく気持ちが通じたのだから恋人らしい会話をしたい。

「まーい」

甘ったるい声で名前を呼ばれ、胸の奥がむずむずする。包み込むような温かさに誘われて、真衣はずっと気になっていたことを口にした。

「……あのね。ずっと聞きたいことがあったんだけど」

「うん？」

唇が頬を掠めて、真衣はくすぐったさに首を竦めた。

「か、笠原さんって……三芳さんの元カノとか、なの？」

ただの社長と秘書にしては親密だし、三芳が今は真衣を好きだと言ってくれるならそういう過去もあり得る。だからといって三芳を責めるつもりなど全くないけれど、事情があるなら自分にも知る権利はあるはずだ。

真衣はドキドキしながら三芳の返事を待ったけれど、一向に口を開く気配がない。それどころか、密着した三芳の身体が小刻みに震えている。

「……三芳さん？」

思わず顔を傾けると、そのまま唇を塞がれた。

「ん！」

チュッと音がして、すぐに唇が離れる。驚いて瞬きをすると三芳の笑い声が耳に飛び込んできた。

「な、なに⁉　ご、誤魔化さないで！」

「違うよ。真衣があんまりカワイイこと言うから」

そう言いながらさらに強く真衣の身体を抱きしめた。

「もしかしてずっとヤキモチ妬いてたの？　いつから？」

「……いつからって、最初から……だって、笠原さん美人で仕事もできるし、三芳さんと……特別親しそうだし」

口にしてみると大したことではないような気がしてくる。それに男の人は過去のことを色々聞かれたりヤキモチを妬かれるのを嫌がるものなのに、三芳が嬉しそうなのも気になった。

「あの……大したことじゃないから気にしないで」

真衣が俯いて呟くと、予想外の答えが返ってきた。

「笠原が聞いたら喜ぶよ」

「……は？」

わけがわからずに、思わず身を捩って三芳の顔を見上げる。その顔は冗談を言っているようには見えない。

「どういう意味?」

「彼女はああ見えて二人の子持ちだよ」

「え!?」

「彼女の名誉のために年齢は伏せるけど、少なくとも僕よりも十歳は上なんだ」

「……えええーっ!?」

三芳と十歳以上と言うことは少なくとも四十は超えているはずだ。でもどう見ても真衣と同じか少し年上ぐらいにしか見えなかった。

「う、嘘っ」

いくら真衣を安心させたいからと言っても、冗談が過ぎる。

「信じられないならあとで本人に確認してみるといい。本当は口止めされてるけど、君を口説くために話したって言えば彼女も許してくれるはずだ。僕たちのことに一番熱心だったのは笠原だからね」

「……」

「元々彼女は父の秘書だったんだ。僕がプレミアムの社長に就任するときに、本社からお目付役で来たのが彼女ってわけ。十代の頃から僕を知ってるから、すぐに説教を始めていまだに子ども扱いだよ」

確かに小さい頃の三芳も知っているようなことを口にしていた気がするし、三芳のことをワガママばかりだと子ども扱いしていた理由も納得できる。

この三芳に説教ができるなんて、あの従順そうな顔の下にはかなりの強者が隠れているらしい。

三芳は笑いながら真衣を立ち上がらせると、自分と向き合うように足の間に立たせる。

そうするとソファーに座った三芳よりも真衣の視線が高くなり、見下ろすような格好になった。

「ホッとした？」

「……うん」

素直に頷くと、嬉しそうに真衣の身体を自分の方へと引き寄せる。

すぐ側に三芳の薄い唇が近づいてきて、真衣は自分から目を閉じてその唇に口づけた。

「……別に疑ってたわけじゃないんだけど、ごめんなさい」

「別に謝らなくてもいいよ。真衣が最初から僕にヤキモチを妬いてくれてたって聞けて、嬉しかったしね」

その言葉に真衣は頬を赤くした。それでは最初から三芳のことを男性として意識していたと告白しているようなものだ。

三芳に嬉しそうな顔で見上げられているのが恥ずかしくて視線をそらすと、不満げな声が聞こえてきた。

「もっとしてくれないの？」

「え？」

「キス。待ってるんだけどな」

バスローブの上から背中を撫でられ、身体を震わせてしまう。

「……っ」

「真衣」

優しく名前を呼ばれ甘い微笑みを投げかけられると、逃げ場がない。

真衣は覚悟を決めて目を閉じると、ソッと三芳の唇に自分のそれを押しつけた。

エピローグ

季節は冬の足音が聞こえ始め、収穫の終わったブドウ畑は緑色から、赤茶色へと変わり始めていた。

収穫やワインの仕込みが終わってもやることはたくさんあって、すでに来年の春に向けての準備が始まっている。

雨よけのために覆っていたビニールを外したり、足りなくなった栄養を補うための有機物、つまり肥料を撒いたりと忙しい。

年が明けたら今度は春の芽吹きに向けていらない枝を剪定したりと、なんだかんだと仕事は多いのだ。

この日真衣は、陸斗に教えられて肥料を撒いたり、その場所を浅く耕し土と混合したりと朝から畑に出ていた。

「肥料をやるっていっても、結構手間がかかるのね」

真衣は土にまみれた軍手をはらいながら、トラクターの整備をする陸斗を振り返った。

「まあな。肥料はすぐ撒いたら栄養になるわけじゃないから。こうやって土に馴染ませておくと微生物が分解してくれて、春にはブドウの木が栄養を吸収しやすくなるんだ」

「ふーん。ねえ、私も大型特殊免許とった方がいいかな」

「なんで？」

陸斗が不思議そうに真衣を見た。

「だってさ、これは小さいけど、大きいサイズのトラクターは、普通免許じゃ公道を運転できないんでしょ？　だったら持ってた方が便利かなって」

「必要ねーよ。俺も親父も持ってるんだし、そのうち真一もとるって言ってたし。それにおまえはその……若社長と結婚、するんだろ？」

最後の方は小さい声で呟いた陸斗の頬はなぜか赤い。

「なんで、あんたが照れるのよ！」

「なんでって……俺、真衣のこと好きだったけど、ぜってーあんなことできねーもん」

その言葉に今度は真衣が赤くなった。

三芳の公開プロポーズ事件はあっという間にご近所中に広まり、今ではみんなが知る出来事となっている。

あの場にいたのは家族のような人ばかりだったけれど、どうやら弁護士の先生が農協に戻ってみんなに話をしてしまったらしく、あっという間に知れ渡ってしまったのだ。

なにも知らずに戻ってきた真衣は街に出かけるたびに知人に冷やかされて、根ほり葉ほり三芳とのことを聞かれるから、最近では出かけるのもおっくうになってしまった。

幸い家族や、三芳のことを一番敵視していた陸斗が好意的に受け入れてくれるのだけが救いだった。

「真衣、運転の仕方教えてやるから来いよ」

「あ、うん」

今日畑に運んできたのは小型のトラクターで、真衣が持っている普通免許でも運転できるからと、陸斗に操作の仕方を習う約束だった。

陸斗に教えられ、真衣が運転席に腰を下ろしたときだった。

「姉貴！　三芳さん着いたよ！」

農道に停まった軽トラックの中から、真一が手を振っている。

「あ、もう着いたんだ。昨日は遅くまで会合があるって言ってたから、午後になると思ってたのに」

真衣の言葉に、隣でステップに立って運転席を覗き込んでいた陸斗がため息をついた。

「おまえね、少しは喜べよ」

「へ？」

「私に会いたくて早く来てくれたのね！　とか思わないわけ？」

「……」

その言葉に、思わずまじまじと陸斗の顔を見た。

「……あんたって、そういうふうに思われたいタイプ？」

「う、うるせーよ！　ここはいいから早く行って来いよっ！」

陸斗の剣幕に真衣は慌ててトラクターから飛び降りる。

「なによ、そんな言い方しなくたっていいじゃん！」

「あーあ、三芳さんに同情するよ。こんな薄情な女と結婚しなくちゃいけないなんて」

「うるさいっ！」

真衣は陸斗を睨みつけると、真一のトラックに駆け寄った。

「真一、家まで乗せてって」

「その必要ないと思うけど」

そう言って後ろを振り返った視線の先を追うと、見慣れた黒い車がこちらに走ってくるのが見えた。

「俺は畑に行く途中に通りかかったから知らせただけだからさ」

真一はそう言うと、さっさと車を発進させてしまった。その場所に程なくして三芳の車が停まる。

パワーウインドウが開いて、三芳がいつもの甘い微笑みを見せた。

「真衣」

輝くような笑みに、いつもながらドキリとしてしまう。本当は真衣だって三芳に会えるのを楽しみにしていたのだ。

「まだかかりそう？　お義母さんは昼食を食べてから出発すればいいって準備してくれているみたいだけど」

退職をしてしまった今、東京と山梨では容易に会うこともできず、三芳が毎週のように週末を利用して真衣に会いに来ていた。

今日は午後から三芳の実家が所有しているという清里《きよさと》の別荘に行く予定で、真衣も楽しみにしていたのだ。

ただ三芳の到着は午後になると思っていて、午前中だけでもと思って畑に出てしまっていた。

トラクターの使い方を教えて欲しいと休みの陸斗を引っ張り出してしまった手前、申し訳なく畑を振り返ると、陸斗はさっさと行けとばかりに手を振っている。

「陸斗、あとよろしくね！」

返事の代わりにトラクターのエンジン音が響いてきたので、真衣はそのまま助手席に滑り込んだ。

「陸斗くんと二人だったの？」

　車が走り出したとたん、三芳がちらりと真衣を見た。

「え？　あ、うん。ほら、施肥の時期だからトラクターの使い方を教えてもらおうと思って」

「……ふーん」

　三芳らしくない気のない返事に、真衣はその横顔を見つめる。

「どうしたの？　やっぱり疲れてるんじゃない？　昨日遅かったんでしょ？」

　すると三芳は盛大なため息をついて、車を農道の端に停めてハンドルに顔を伏せてしまった。

「三芳さん？」

　やっぱり体調が悪いのかもしれない。真衣がその肩に触れようと手を伸ばした時だった。

　三芳がハンドルにもたれたまま、顔だけを傾けて真衣を見た。

「こんなことなら君の辞表を受理するんじゃなかったな」

「え？」

「真衣がうちの会社に所属さえしていれば、今よりは会う機会があっただろ？　しかも僕以外の男と過ごす時間が長いなんてあり得ない」

まるで子どものワガママのような言葉に、真衣は噴き出してしまった。

前に笠原が言っていたワガママを、こうして自分にも見せてくれることを嬉しいと思ってしまうのは、三芳のことが好きすぎるからだろうか。

「ねえ、あの時どうして反対しなかったの?」

これもずっと三芳に聞いてみたかったことだ。三芳から離れようと思って辞表を出したけれど、本当は心のどこかで止めて欲しいという気持ちもあった。

ハンドルから身体を起こした三芳は、小さく肩を竦める。

「あの時すぐに反対したら、逆に真衣は意固地になって僕と連絡を取ろうとしなくなっただろ? だから君を敢えて自由にさせることにしたんだ。真衣には家族を支えるっていう目的もあったし、それを僕が無理矢理辞めさせることはできないしね」

小さく笑いを漏らした三芳は、手を伸ばして真衣の頬に触れた。

「それに……雇用関係にない方が君を強引に手に入れることができるだろ?」

指先が頬を撫でて、顎のラインをなぞる。まるでこれからキスを始める合図のような気がして、真衣はもぞもぞと身体を揺らした。

こんなところでイチャイチャしているのを誰かに見られたら、また色々言われるに違いない。

そう思っているうちに指先が誘うように真衣の唇を撫でた。

「ス、ストップ！　こ、こんなところに停めてたら通行の邪魔になるよ？」

慌てて身体を退くと、三芳はそれ以上は諦めたのか真衣の髪を優しく撫でてから車をスタートさせた。

「真衣って焦らすのがうまいよね」

「え!?　そ、そんなことしてないし」

「本当はそうやって知らないふりをして、僕のことを煽ってるんじゃないのかと思うときがあるけど」

「……ち、違うってば」

さりげなくキスを拒んだ仕返しをされている。そう気づいたときには車はもう家の近くまで来ていた。

これ以上いじめられないで済みそうだと、ホッと胸を撫で下ろしかけたとき、三芳はとんでもないことを口にした。

「早く僕のものだって印をつけたいな。今日はこれから二人きりだし、焦らされた分たっぷりかわいがってあげるから楽しみにしてて」

「っっ!!」

三芳は横目で真衣が赤くなるのを確認して、小さな笑い声を上げた。

今まで真衣が知っている男性は口にしないような言葉を、三芳は易々と囁く。

初めは天然か変わり者かと思っていたけれど、最近はある意味才能だと思い始めていた。その少し変わった発言で周りを驚かせることもあるけれど、悪意がないから気づくとみんな彼に好感を持ってしまうのだ。

もちろん真衣もその一人で、今はこうして三芳の側にいることが一番心地いい。でも最近はその誰にでも好かれてしまう三芳が少し心配でもあるのだ。

彼が浮気をしたり自分を裏切ったりするとは思わないけれど、誰かが三芳のことを想うのを止めることはできない。

だったらあまり愛嬌を振りまかないで欲しいと思ってしまうのは、自分のワガママだろうか。

真衣がぼんやりそんなことを考えているうちに、車は真衣の家の玄関先に停車していた。

「真衣、着いたよ」

「え？　あ、うん」

真衣は慌ててくだらない考えを頭の中から追い出すと、シートベルトに手をかけた。

「ねえ、ぼんやりしてたけど、なに考えてたの？」

「べ、別に……」

三芳は人の表情や考えていることを見抜くのに聡い人だから、余計なことを口走ったら、からかわれるかもしれない。

でも明らかに慌てて目をそらす真衣は、三芳でなくても挙動不審に見えるだろう。

「真衣」

シートベルトを外す手を摑まれてしまい、どうやら逃げ出すことはできないらしい。

「なにか心配事？」

「ち、違うってば」

「……」

誤魔化そうとする真衣の瞳を、三芳の目が覗き込む。優しい眼差しには愛情が溢れていて、真衣を大切に思ってくれているという気持ちが浮かんでいる。

こうしていると、三芳は自分だけのものだと確信できるのに、すぐに不安になってしまうなんて自分の心は相当もろいらしい。

「真衣？」

もう一度名前を呼ばれて、真衣は観念して小さく息を吐き出し、すぐ側にある三芳の襟元を引き寄せて自分からぐいっ、と顔を近づけた。

「三芳さんは私だけのものだから！」

そう呟いて、強く自分の唇を三芳のそれに押しつける。

真衣らしくない奪うようなキスに一瞬驚いたようだけれど、すぐに三芳もキスに応えてきた。

きっとあとで、なぜキスをしたのか問いつめられそうな気がしたけれど、真衣だって三芳に自分のものだという印をつけておきたいのは一緒だ。

庭先はまずかったかも。そう思いながらも三芳との蕩けるようなキスの方が魅力的で、そのあとのことは考えないことにした。

番外編　可愛い君

「あ……っ、や、もう……ダメェ……っ」

真衣が膝の上で背筋をかすかに震わせて、頭を小さく振る。三芳はその動きを手で優しく押さえつけた。

「ダメだよ。真衣、動かないで」

「だって……もう、いいってば。そんな……奥……っ」

「大丈夫。痛くなんてしてないだろ」

「あ……奥は、ダメだってば……怖いの……！」

せっぱ詰まったような掠れた声に、三芳は思わずクスクスと笑いを漏らす。

長い髪の隙間からかいま見える首筋は、いつもより赤い。早くその首筋に口づけたいという逸《はや》る気持ちを無理矢理抑えつけた。

「あと少しだから我慢して」

自分にも言い聞かせるように囁くと、潤んだ目で三芳を見上げていた真衣はその目をギユッと閉じて身体を硬くした。

「ん……んんっ……っ」

三芳が慎重に手を動かすたびに、真衣の唇からなんとも言えない、誘うような声が漏れる。

本人にそんなつもりはないのだろうが、甘く濡れた声に身体の奥が疼く。もう少し真衣を困らせるつもりだったはずの三芳は、その声に降参して手を止めた。

「はい、おしまい」

そう言うと三芳は優しく真衣の長い髪を撫で、指先で赤く染まった首筋に一瞬だけ触れ、慌てて手を引いた。

当の真衣はそんな三芳の葛藤に気づかないのか、ホッとしたように膝の上から起きあがると、横になっていたソファーの上で居住まいを正す。

「もう……だから耳掻きなんてしなくていいって言ったのに。普通こういうのって、男の人がしてもらう側じゃないの？」

そう言いながら耳を押さえて三芳を上目遣いで見つめる真衣は、本当に可愛い。

普段は家族を支えるしっかり者のイメージがある分、こんな素の表情を見せてくれるのは、真衣が自分に心を許してくれていると思っていいのだろうか。

「どうして？　僕が真衣にしてあげたかったんだから、いいだろ？」

「……だって、誰かに耳掻きをしてもらうなんて、子どものとき以来だもん」

まだ耳の奥が気になるのかしきりに耳を押さえる真衣に、三芳は口元を緩める。

子どものときということは、相手は父親か母親のはずだ。自分以外の男が真衣のこんな姿を見たのではないということにホッとした。

できれば真衣が誰かに向ける笑顔ですら、高い壁で囲って隠してしまいたい。もちろん現実には叶わないことだとわかっていても、真衣を見ているとふとそんなことを考えてしまうほど、三芳は真衣に囚われていた。

「それにしても……」

ため息混じりに呟くと、真衣が首を傾げる。

「耳掻きって、なんだかエッチだね」

「……は？」

「真衣は変な声を出すし、なんだか僕の方がおかしな気分になりそうだったよ」

それを聞いた真衣の顔が赤く染まっていくのを満足げに眺めると、三芳は手を伸ばしてその身体を引き寄せる。

小さな身体は少し力を入れるだけで容易に胸の中に収まり、三芳はからかうようにその瞳をのぞき込んだ。

「自分でわからないの？　イヤッとか、奥はダメ！　なんて、すっごく色っぽい声を出してたよ」

「な……っ！　そんな声……出してないもんっ」

強い口調で否定しながらも、その目は不安げにあたりをさまよう。

「自分で覚えてないの？　真衣は……耳が一番感じやすいくせに」

三芳は耳元で囁くと、必死に腕の中から逃げ出そうとする真衣の腰を引き寄せて、もう一方の手を顎に添えた。

「たとえば……こんな感じかな」

「んっ」

キスで唇を塞ぐと、待ち望んでいた甘い快感が三芳の身体を駆け抜ける。柔らかくて濡れた唇の感触は、すぐに三芳の理性など吹き飛ばしてしまう。

もがいていた真衣が観念したように身体の力を抜くのを見て、三芳はその手を柔らかい身体に滑らせた。

薄いワンピースタイプの部屋着は、真衣の華奢な身体をくっきりと浮かび上がらせている。

やわやわと胸の膨らみを揉んでやると、真衣の身体が弱々しく震え始めた。

「ん……ぁ、や……んん……」

真衣の甘い声に、三芳は戯れが本気になるのを感じながら小さな身体をソファーの上に押し倒した。

まだ外は明るい。

愛しい恋人は、ワイナリーの仕事が一段落したからと、ここ数日の予定で東京に遊びに来ていた。

本当は午後から一緒に映画を見てショッピングをしようと約束していたけれど、どうやらその約束は果たされそうになかった。

きっとことが済んだあと散々真衣に文句を言われるのはわかっていたけれど、今は敢えてそのことを考えないことにする。というか、もう続きをするという選択肢しかない。

ワンピースをたくしあげると、控えめなベビーピンクのブラが現れる。三芳はそれすらもどかしく感じながらブラを押しやると、すでに尖り始めた頂を口に含んだ。

「あ……ンンっ！」

舌であめ玉のように転がしてやると、うっすらと開いた唇から声が漏れ、真衣の身体がソファーの上で跳ねる。

くねくねと腰を揺らす淫らな姿を楽しみながら両胸をたっぷり愛撫してやると、真衣は何度も子猫のように鼻を鳴らして、三芳に身体をこすりつけてきた。

「……ふ……ぁっ、あ……ん……」

濡れた下着を下肢からはぎ取る頃には、三芳の欲望も限界だった。

「晃樹、さん……大好き」

白い手が、ねだるように自分の首に回される。最愛の恋人にそんなふうにされたら、気持ちが逸るのは当然だ。

「真衣……」

驚くほど掠れた自分の声に苦笑を漏らしながら、それでも彼女を痛がらせないように、辛うじて身体の奥をほぐしてやることは忘れなかった。

まるで花のような甘い、誘うような香りを放つ下肢に舌を這わせると、真衣の嬌声が一際高くなる。

「や……っ、あっ……ああ……っ！」

頭の中で甘ったるい声がグルグルと巡って、下腹部の熱が早くしろと煽り立てる。

耐えきれずに引き締まった両足を抱え上げると、三芳は自分の身体を真衣の中に沈めた。

「ひぁ……っ、ああン！」

包み込むような熱と濡れた粘膜が自身に絡みついてくる。その甘美な刺激に、三芳は満足げにため息を漏らす。

「あ……晃樹さ……っ」

柔らかな身体が裸の胸にギュッと押しつけられる。

「……大丈夫？」

獰猛な欲望が真衣を怖がらせないように気をつけていたつもりだが、痛い思いをさせてはいないだろうか。

不安げにその顔を見下ろすと、その瞳は蕩けたように潤み、快感に身を任せているようだった。

「真衣、愛してるよ」

何度囁けば、飽きるのだろう。もう自分でもわからなくなった言葉を口にすると、三芳は真衣の身体の上でこの上ない幸せな時間を過ごした。

◇◇◇　◇◇◇

「じゃあ、行ってくるよ。僕が出かけたらちゃんと鍵を閉めてね」

「大丈夫だよ。子どもじゃないんだから」

昨夜から何度も繰り返される三芳の注意に、真衣がため息をつく。しかも真夜中まで愛しあった名残が腫れぼったい瞼に残っているせいか、うんざりしているようにも見える。

だが、どう思われようと心配なのだから仕方がない。

「ほら、晃樹さん。ホントに行かないと遅刻しちゃうってば」

真衣としては遅刻をさせたくない一心なのだろうが、必死で追い立てようとする様子に、少しだけ意地悪をしてやりたくなった。

「真衣は……僕と別れるのが寂しくないの？　まるでさっさと追い出して清々したいみたいに見えるけど」

わざと眉間にしわを寄せ傷ついたような顔を作ると、真衣が困ったように可愛い顔を曇らせる。

「な、なに言って……」

「そりゃ亭主元気で留守がいいって言うけど、僕たちまだ倦怠期には早すぎると思うんだよね」

「あ、当たり前でしょ！　それに……ま、まだ結婚してないわけだし」

真衣は早口でそう言うと、頬を赤く染めた。

自分の都合で結婚を延ばしていることを気にしているのだろう。その顔は少し困ったようにも見える。

三芳は真衣にプロポーズをしようと決めたとき、なるべく早く一緒に暮らしたいと考えていた。だが、真衣の方から少し待って欲しいと切り出されたのだ。

弟の真一はまだ大学に在学中だし、せめて弟が正式にワイナリーの仕事を引き継いでからにしたいと言われて、断ることなどできなかった。

もちろん、いくらでも理由を付けて強引に籍を入れることもできたけれど、可愛い恋人の顔が心配に曇るのは見たくない。

「あーあ……やっぱり笠原に言って、今日は休ませてもらおうかな」

からかうつもりでそう口にすると、真衣はギョッとしたように目を見開いた。

「ダメダメダメ！　私が笠原さんに怒られるもん！　ほら、さっさと靴を履く！」

慌てる真衣に背中を押されて、三芳は笑いをかみ殺しながら革靴に足を入れた。

「なるべく早く帰ってくるから、いい子にしてるんだよ」

「もう！　だから子どもじゃないってば！」

ほんの一時間前まで一緒にいたベッドは、まだ愛の残り香が染み込んでいるだろう。本気で怒り出しそうな真衣の顔を見たら、今すぐにでもベッドにつれて戻りたくなる。

真衣は怒るなり恥ずかしがったり、感情を露わにしている方が魅力的なのだ。

三芳はその気持ちを押し殺して、真衣の額にかかった髪をかきあげ、剥き出しになった額に唇を押しつけた。

「いってきます」

本当なら唇にしたいところだが、それでは本気で自分の理性が持たなくなりそうだ。

三芳が名残惜しさに、真衣の長い髪を撫でおろしたときだった。不意に真衣の顔が近づいてきて、柔らかい唇が三芳のそれに触れる。

チュッと小さな音がして目を丸くすると、真衣が顔を真っ赤にしながら横を向いた。

「……い、いってらっしゃい……早く帰ってきてね」

照れ隠しに、怒ったようにプイッと顔を背ける仕草が愛しくてたまらない。思わず抱きしめたくなる衝動をなんとか押しとどめる。

付き合い始めて数ヶ月たつというのに、この恋人はいつでも自分に驚きを与えて、飽きさせない。

今度はどんな不意打ちを食らわせてくれるのだろうと、それが待ち遠しいなんておかしいだろうか。

「……晃樹さん？」

いつものようにからかわれると思っていたのだろう。なにも言わない三芳の顔を、真衣が不安げにのぞき込んだ。

「もしかして、イヤだった？」

「まさか。イヤなはずないだろ？　真衣がくれる貴重なキスだ」

三芳は微笑んで手を伸ばすと、もう一度真衣の頭を撫でた。

「名残惜しいけど、ホントに遅刻しそうだ。いってくるね」

頷く真衣を視線の端に捕らえながら扉の外にでる。それからもう一度真衣を見つめて、ニヤリと笑う。

「真衣、今のキスのお返しは今夜たっぷりしてあげるからね」

「……な！」

目を見開いて飛び上がる恋人を確認してから、三芳は素早く扉を閉めた。

きっと自分が居なくなったあと、一人で真っ赤になっているだろう。もしかしたら、今夜のことを想像して、自分のことを恋しいと思ってくれるかもしれない。

今日の予定はどうなっていただろう。

エレベーターを降り、駐車場に向かいながらそんなことを考える。

やはり会社に着いたら笠原に交渉して、早く帰れるようにしよう。そうでなければ自分の方が持ちそうにない。

三芳は会社に着く前から真衣と過ごす時間のことばかり考えている自分に苦笑いを浮かべながら、車のエンジンをスタートさせた。

あとがき

こんにちは、水城《みずき》のあです。

このたびは本書をお手に取っていただきありがとうございます！

オパール文庫さんからは、二冊目の著書となりました。少しでも楽しんでいただければ幸いです。


さて、今回のお話はブドウ農園が舞台です。オパール文庫さんのヒロインで、農業をやっている子は初めてなんじゃないでしょうか（笑）。

担当様とも、二作連続でTシャツ、ジーンズという服装がデフォルトのヒロインが続きましたね、とお話ししてしまったほどです。

今回のお話を書かせていただくずいぶん前に、実際にワイナリーホテルで収穫体験をさせていただいたり、ワイナリーの見学をさせていただきました。

といっても……実は、最初は全く違うお話のネタとして、取材していたんですけど（笑）。

真衣《まい》のように麦藁《むぎわら》帽子に腕カバーとまではいきませんが、チューリップハットに首にはタオルを巻いて数時間……無理だ……私に農業はできないと実感した瞬間でした。

この本が発売になる頃は、渡瀬《わたせ》ワイナリーでも新酒ができる時期でしょうか。きっと真衣と三芳《みよし》もおいしいワインを楽しんでいるのではないかな〜？

今回も前作に引き続き、三浦《みうら》ひらく先生に表紙＆挿絵を描いていただきました。花のないお話なのに、いつもキラキラで素敵なイラストをありがとうございます！　先生の描かれる、男性の背中が好きです！（↑ヘンタイ）

そして担当のK様、今回も大変お世話になりました。書くの遅いよ！　という言葉を飲み込みお付き合いいただき、本当に感謝しております。今後とも見捨てないでいただけたら……。

最後に、本書を手に取っていただいた読者様、本当にありがとうございます。
また別のお話でも、みなさまの目にとまることを祈って！

水城のあ

こんにちは。
このたび挿絵を担当させて
頂きました、三浦ひらくです。

挿絵のお仕事のたびに、今まで
知らなかった色んな世界を見せて
頂くのが楽しみになっています。

今回はワインでしたが、私は
ほぼお酒を飲まないので、いつか
ワインのおいしさがわかるように
なりたいです～！

三浦ひらく

Opal

我《が》慢《まん》できない！
敏《びん》腕《わん》社《しゃ》長《ちょう》のケダモノ・スイッチ

オパール文庫をお買い上げいただき、ありがとうございます。
この作品を読んでのご意見・ご感想をお待ちしております。

ファンレターの宛先
〒102-0072　東京都千代田区飯田橋3-3-1
プランタン出版　オパール文庫編集部気付
水城のあ先生係／三浦ひらく先生係

オパール文庫＆ティアラ文庫Webサイト『L'ecrin《レクラン》』
http://www.l-ecrin.jp/

著　者――**水城のあ**（みずき のあ）
挿　絵――**三浦ひらく**（みうら ひらく）
発　行――**プランタン出版**
発　売――**フランス書院**
〒102-0072　東京都千代田区飯田橋3-3-1
電話（営業）03-5226-5744
　　（編集）03-5226-5742
印　刷――誠宏印刷
製　本――若林製本工場

ISBN978-4-8296-8249-4 C0193

＊落丁・乱丁本は当社営業部宛にお送りください。お取り替えいたします。
＊定価・発売日はカバーに表示してあります。